밀회

황금알 시인선66

밀회

1쇄 발행일 | 2013년 2월 28일
2쇄 발행일 | 2013년 11월 25일

지은이 | 이성렬
펴낸곳 | 도서출판 황금알
펴낸이 | 金永馥
선정위원 | 마종기 · 유안진 · 이수익 · 문인수
주 간 | 김영탁
편집실장 | 조경숙
표지디자인 | 칼라박스
주 소 | 110-510 서울시 종로구 동숭동 201-14 청기와빌라2차 104호
물류센타(직송 · 반품) | 100-272 서울시 중구 필동2가 124-6 1F
전 화 | 02)2275-9171
팩 스 | 02)2275-9172
이메일 | tibet21@hanmail.net
홈페이지 | http://goldegg21.com
출판등록 | 2003년 03월 26일(제300-2003-230호)

ⓒ2013 이성렬 & Gold Egg Publishing Company Printed in Korea

값 8,000원

ISBN 978-89-97318-38-4-03810

밀회

이성렬 시집

황금알

몇 겁이 지난 후에 자벌레는
아픈 일기를 쓰기 시작할 것이다
각질의 껍데기를 벗기며
충혈된 내장을 토해낼 때
고통들은 제 이름을 가질 것이다
사원의 복노마나 진정한 단식이 넘치리니
죽음은 더 이상 수치로워 하지 않으며
살아 있는 자의 그물을 닦아 줄 것이다
어떤 슬픔도 잊혀지지 않을 것이다
모든 언어는 속 깊은 바다로부터 올지니
바위들의 퇴화된 귀가 열릴 것이다
그날, 의로운 배고픔과 추위는 날개를 털고 일어나
낭랑한 트럼펫 소리를 울릴 것이며
문패 없는 사랑을 줌에 괴로워하던 모든 이들은
오래 숨어 있던 옥빛 눈물 속에서 만날 것이다

—「예정조화설」

차 례

부모님, 금주, 채원, 정원에게

또한, 언젠가 혼선 중에
하염없이 아빠를 찾던 아이와
죽은 남편을 부르며 오래 울던 아낙에게
이 초라한 책을 뒤늦게 보냅니다

봄날, 단풍나무와 함께

나는 생각했네.
먹잇감과 살 터를 찾아 눈먼, 인간 에어리언들의 공중전과
그 버팀목이 되는 가슴 없는 세계.
— 이연주, 「겨울나무가 내 속에서」

봄날의 고적한 뜰에 깊은 녹음을 드리운 단풍나무는 전란을 피하여 떠도는 옛 시인의 분신처럼 외로이 서 있다. 지평의 반대쪽으로 부푸는 상현달의 모습을 입은 채, 세상의 모든 것들을 물리친 후 한쪽 귀만을 열어, 빽빽한 꽃들과 잎사귀로 발등에 짙은 그늘을 마련한 나무는 잠잠히 눈을 감고 있다.

먹이사슬의 장막 바깥으로 나간 듯, 자식나무 한 그루 곁에 두지 않은 무심한 자세로, 햇살에 싸인 담장을 물끄러미 바라보는 초록 발우 형상의 단풍나무를 평화라 하겠는가. 모든 내력을 버린 뒤 짧은 계절의 안식을 찾아 지상으로 내려온 한 줌의 숨결을, 거친 껍질 속으로 물의 상처를 핥는 희미한 빛의 족적을.

낮은 처마에 눈길을 맞추어 나무는 느린 춤사위를 펼치고 있지만, 그 손끝은 품 안의 무성한 소리들, 파닥거리는 벌들의 날갯짓에 가려 보이지 않는다. 무수한 별들

의 운행을 품는 은하의 가슴처럼, 나무는 그 안의 사연
들을 한꺼번에 고백하고 있는 듯 잉잉대는, 수많은 궤적
들에게 더운 부력을 불어넣고 있다.

나무는 벌들을 짐짓 이곳으로 불러 모은 것인가, 낙원
을 찾는 지상의 호흡들을 차마 뿌리치지 못하여 돌아오
는 것인가, 양식과 종족과 노역과 계급의 세상 안으로.
산발한 유령처럼 툇마루에 신발을 벗은 채, 사소한 정분
도 가녀린 인연마저 어찌할 수 없다는 듯, 어차피 곧 몸
이 굳을 때가 될 것임을 짐작이나 하는 듯이.

저무는 뜰에서 젖은 눈으로 서성이는 단풍나무를 무간
無間이라 하겠는가, 목숨들의 불화와 투쟁을 껴안은 채
육중한 슬픔으로 서 있는 봄날의 음각을. 그렇다면 그대
여, 이 꽃들이 모두 스러진 늦가을의 붉은 모습을 투영
함은 크나큰 죄악인가, 이윽고 꽃도 잎도 모두 벗겨 내
리는 시간의 처연함을 예견하는 것은.

    — 전주 한옥마을 〈동락원〉에서 씀.

검은 강

그 너머 어딘가에 목숨들이 다한 후 머무르는 적막한 곳이 있음을. 나에게 피와 살을 준 체온들이 모여 한가하게 풀을 뜯는 목장으로 말없이 저물어 가는 저녁

양식이 되었던 낱알들이 기름진 논을 이루어 잔잔하게 흔들리는 마을이 거기 있음을. 무수히 스러진 들풀들의 몸짓이 춤사위로 태어나는 잔치, 모든 노래가 한 권의 책으로 엮이어 조율하는 작은 교실에 내려앉는 별들의 푸른 맥박

그 건너 어디쯤 내 눈을 적셨던 노을들이 가난한 화가의 시력으로 돌아올 채비를 하는 어두운 화실, 흩어져간 숨결이 풍로 속을 내달리며 무쇠난로를 덥히는 밤의 대합실, 그리하여 오랜 후

물 위에 그린 얼굴들이 암각화로 새겨진 봄의 골짜기에, 수없이 뽑혀나간 상아들이 굳센 기둥으로 뿌리박힘을.

차가운 사막, 등에 맺힌 이슬로 서로의 목을 축이는
딱정벌레들을 만나 동행하게 됨을.

저녁 일곱 시의 애도

1

　몇 달간 나의 희망을 지탱하던 창문의 채광을 커튼으로 덮은 후 겨울 풍경으로 나선다. 어디선가 풍금을 닫는 소리, 시간의 호흡기를 끊듯. 발을 끌며 구석으로 말없이 물러앉는 밥상들. 이 저녁의 모든 것들이 그대를 생각하게 하네… 나는 잊혀진 애인처럼 바람벽의 잔등을 긁으며 차디찬 골목을 서성일 뿐.

2

　불빛이 어둠 속 구덩이에서 몸을 구부린다. 소리들은 낡은 회고록을 허리춤에 낀 채로 멀어져간다. 나의 마음을 따뜻이 밝히던 그리움의 편린들이 어깨를 적신다, 이 풍경의 일부였던 노래와 탄식들을 접으며. 지난밤 숙취로 뇌리 한 귀퉁이에서 깨어난 망각의 질료가 누군가의 인생에 긴 안식을 내리고 있다.

3

　이 폐허에 머무는 짐승들의 자취가 베어진 그루터기에 흩어져 있다. 수시로 말투를 바꾸는 찬바람의 속내가 시야를 어지럽힌다. 공중에 입을 여는 들숨의 검은 구멍들. 다부진 내력이 어디에 남아 있는가. 탐욕과 희망, 색정과 사랑의 두 증후군들을 필사적으로 연결하려 하나, 비닐봉지 속 한 줌의 열락이 식는 수순만이 남을 뿐.

4

마른 나뭇가지 위 빈 보금자리들의 애원. 고독한 풍경들의 명암에 기대어 사는 시간의 생징짐이 어딘가에 심어져 있음을 믿어야 하는가. 누군가 허공에 주먹을 날리며 늪지를 향하여 조금씩 전진한다. 비탈 위에서 등뼈를 곧추세우는 송전탑의 안간힘 아래, 안개의 미립자들을 모어 살게 하는 강물의 굵은 손가락을 꿈결 속에 본다.

식물의 사생활 5

그 꽃이 어찌하여 땅속에 피어났는지는 알 수 없으나, 다만 지상에서 살 수 없어 흙에 묻힌 삶이, 대지의 어스름으로 돌아가기를 거부하였으리라 추정되었다

보름달이 뜰 무렵 기진한 봉오리를 여는 꽃은 씨앗을 만들지 않았는데, 그 이유 또한 미루어 짐작할 뿐

그 어느 풀벌레나 벌 나비도 사귀지 않고 눈을 감은 채 오래오래 기다렸다, 꽃술에 와 닿는 진동을 가는 잎맥으로 감지하여 지상의 소식을 듣곤 하였다

오랜 후 눈멀고 귀먹은 아이가 들판을 헤맨 끝에 찾아온 겨울 저녁, 얼음조각들은 아이의 발자국을 찾아와 투명한 소리를 내며 부서졌다

세상에서 가장 간절한 발걸음을 알아챈 꽃이 결사적으로 흙벽을 할퀴며 하룻밤을 지샌 뒤, 아이는 그 자리를 떠나지 않았다

이윽고 꽃은 한 점 온기가 되어 죽고, 아이는 그 곁에
창백한 꽃으로 피어나, 다시 지하에서 묵묵히 기다릴 뿐
이었다

밀회

비탈진 성곽을 비낀 햇살의 잦아드는 눈빛과
낡은 시계탑 그림자의 기우는 손목을 달래며
포구의 노을은 대기와 물의 붉은 포옹을 주선한다.
연락선들은 정사를 나눈 후 오색의 비린 체액을
물속으로 밀어내며 서둘러 떠나간다.
어느 옛 저자 뒷골목에서 수려한 두 검객 연인이
밀애할 때마다 현란한 칼춤으로 흐드러지게
애무한 뒤 번개처럼 어둠 속으로 사라지듯.*
주막 뒷문으로 엿본 주인장의 바지에 묻은
걸쭉한 정액만이 그 저녁의 진실로 남듯.

오래 들여다보면 물은 도도한 여자처럼
말을 건네지 않는다. 주름을 내보이지 않는 물의
견고한 나르시즘을 흔드는 건 바람의 빠른 걸음.
뛰어가듯 지나는 눈길의 사심 없음을 몇 점의
흰 물살이 알아채어 허리춤을 풀며 고백하면
한 줄 사연을 노트에 옮겨 적으며 숲의
나이테들을 지도에 표시한 후, 길섶에 풀린
등뼈 어디쯤의 매듭을 짚으며 밀회를 접는다.

또 어딘가에서 잠시 뜨겁게 껴안을 누군가를
마주치겠지, 유랑극단의 배우처럼 분장을 지우며.

* 이명세 감독, 〈형사—Duelist〉

너에겐 너무 쉬운 일

내 나이 스물두 살 무렵의 미아리 뒷골목 여인숙
쪽문에 내리던 자정의 빗줄기를 말없이 듣는 것, 쓸쓸한
거리에 나 홀로 앉아 바람의 떨리는 소리를 들었지*…
초침소리와 함께 내 방에 울려 퍼지는 어두운
노랫말을 망막에 꼼꼼히 새겨두는 것

집시나방이라는 이름에서 「달콤한 독가스」와 「밤의 무
늬」
두 편의 검은 시제時制를 만들어 주는 것

암마살리크, 예테보리, 비터폰테인, 테무코
지도 속 도시 이름들을 하나하나 발음하며 나를
먼 곳으로 데려가는 것, 거기에서
조난된 자의 날숨을 먹으며 죄어오는
사방의 이글루 벽**에 대해 얘기하는 것

마을마다 종소리로 가득한 중세의 가을로 돌아가고
싶다,
고백하는 것

무협소설 속 붕붕 날아다니는 눈먼
주인공의 헐렁한 바지춤에서 생겨난,
아나키스트를 자처했으나 권세를 누린 자의
시뮬라끄르를 외면하는 것

시가 아니라 삶이 문제라고, 딱 부러지게 말하는 것

* 김현식, 「넋두리」
** 폴 오스터, 『The locked room』에서 인용

게맛살에 대한 명상

그대가 흐린 국물 깊은 곳에 잠든 꽃게를 뒤적이는 눈부신 아침에, 내 고독한 냉장고 안에서 낡은 비닐 옷을 입고 늙어가는 게맛살을 떠올릴 것이다

그대가 무심히 꽃게의 가슴을 부술 때에, 빗줄기에 씻긴 풀꽃의 붉은 종아리들, 봄볕을 따라 무덤 사이로 멀어져가는 분홍 치맛자락을 말할 것이다

죽은 피가 민둥산으로 굳은 해장국을 마주하는, 우리는 누구인가, 열린 구름 사이 아침노을의 진심을 향해 한없이 다가가는 강물을 맞는

그날, 아름다운 그대가 활짝 웃으며 세상을 비켜 꽃게처럼 옆걸음 할 때에, 진실로 누군가의 단단한 삼두박근이 되기를 갈망하는 게맛살을 그리워할 것이다

모진 거리의 수레바퀴에 치인 빗장뼈 조각들과 긴 이별을 고한 꼬리연, 안간힘으로 사라진 고드름의 핏자국을 찾아, 멀어져 가는 길 위에서

수증기 약사略史

태초에는 끓어오르는 쇳물 곁을 맴도는 흔적이었으나
땅속 깊은 곳에서 인고忍苦하여 목숨을 가졌다.
외계를 날아온 빛의 부르튼 목소리라는 설이 있으나
자진自盡하는 꽃들의 심장에서 잉태되었다고도 한다.
형상이 없으나 하늘에 오르면 공중정원을 이루고
오래 생각하여 무거워지면 지상으로 내려와
뚜렷한 풍경들의 시야에 깊은 음영을 건넨다.
인간의 질시를 받은 건 기차를 처음으로 움직였을 때
악마의 기계를 작동한다는 교회의 힐난을 잘 견뎌내었
다고.
기도와 탄식 사이 좁은 길로 떠나갔다가
버려진 겨울정원을 언 발로 찾아오는 떠돌이별의 입김
으로
세상의 수선垂線들을 눕히는 시간의 빗금으로
대지와 허공 사이 경계를 지우며 흔들린다.

풀꽃에게

불온한 이슬점들을 온몸에 두른 미명은
버려진 정원 문턱에 부르튼 발목을 접는다.
어둠의 품을 떠나는 새들은 묵묵히
손바닥에 찬 바람무늬를 새겨 넣는다.
무엇을 찾아 나왔더냐, 구름 너머로 걸어나간
풀씨의 기별이냐. 가로막는 울타리의 침묵이냐.
이곳에서는 주어진 혈통의 무늬
바깥으로 나가는 건 이단이라는데. 벗을 수 없는
단단한 껍질 안에서 불어나는 몸을
견디다 못해 그늘의 화석이 된 애벌레가 있다지. 그러나
늘 적의와 시기심을 품는 굵은 뿌리들을 재우려면
기후를 조율하는 수밖에 없다는구나.
밤을 새워 씨앗들의 신상을 문초하는 서릿발의
싸늘한 눈초리는 너무 두려워. 흐르지 않는 물은
망명하는 종이배들의 귓속에 닻을 찔러 넣은 후
어두운 서랍에 첩첩이 접어 넣었다.
참으로 옹졸한 이 땅의 굳은 단층을 넘어
광활한 벌판, 검푸른 물에 몸을 담그며
〈이렇게 넓다니!〉*, 외치는 달그림자의 슬픔을 알겠지.

오늘의 지형을 견딜 수 없어도 후생을 기약해야 하지
않느냐
지도 위 사막에 초록색 크레용을 칠하는 아이처럼.
시든 꽃잎에 소금을 재워 넣는 붉나무 수액처럼.

* 일리야 레핀의 그림 제목

사막에서

별들이 세상 밖으로 떠나는 하늘 저편
물소리를 찾아 낮은 구릉들이 몰려왔다
빛을 녹여 가시를 만드는 식물
모래 위 멈춘 돛의 부스러진 침묵을 듣는다
기억하는지, 시간의 어두운 발자국을
투명한 길 위에 간직할 수 없음을
오랫동안 가슴에 물을 품은 것만이
살아남아 그림자를 드리울 수 있음을

흔적 없이 소멸하고만 싶다 말하고는
음습한 도시로 이내 돌아와
모래를 털어내곤 했다
그러나 단 하루 동안 부르는 짧은 노래에
한 모금 뜨거운 피가 고일 수 있다면
마른 집들이 드문드문 웅크린 이 언덕을
사막이라 불러도 되리라

몹시 빠르게 걷는 새를 보았다 지상에
발을 내딛어야 안심하는 영혼은

물그림자를 향해 종종걸음으로 떠나갔다
고된 눈을 감을 사이도 없이
새털구름 한 점이 무거운 손길로
지평선에 그림자 한 점을 떨구었다
그늘을 찾는 도마뱀은 내 구두 안에
수도자의 자세로 칩거했다

보금자리를 등진 지형들이 침묵을 깨고
몇백 년 만에 나타나곤 했다
지층 깊숙한 곳에서 사원들이
검은 주문들을 만들어 내고 있다
등뼈를 묻은 작은 짐승에게 말을 걸며
마른 피부를 가진 사구 너머
물병자리로 승천하는 갈증에 기댄다

그곳에 깃들 수만 있다면
— 그림자 도시에서 2

어스름 빛은 흐린 기억을 설레게 해
나뭇잎들은 서늘한 대기의 등에 뺨을 부빈다
핏기가 되살아나는 먼 집을 보며
그대여, 새벽의 나는 부끄럽구나
지난밤 취한 노래들은 뻐꾹시계의
습관적인 지저귐 같은 것, 붉은 달을 향해
짖는 개의 적개심이 아니었는지
그 해 몹시 추운 겨울날 해미읍내 저녁
중고피아노점 앞을 서성이던 모녀를 기억하는지
그곳 담장에 심은 민들레 씨앗이
지금쯤 가벼운 날개를 달았을까
인적 끊어진 역전 골방에서
지푸라기처럼 눕는 여자들에게 멀리
침침한 노래 한 자락만을 전해 줄 수 있었을 뿐
기억은 오랜 여행에서 돌아와 누운 방의 서먹함
한순간 욕조에 일렁이는 저녁 같은 것
그러나 굳지 않는 핏방울 속에서는
스러지는 빛살조차도 선반에 놓인 삼각 김밥의
마른 예각처럼, 폐기된 극장 간판에서

늙어가는 배우의 웃음처럼 이리도 아픈 것인지
나는 이 어둑한 풍경을 움직일 온기가 없어
적막한 가을 오후의 시외버스 터미널 주변
오지 않는 방문객에게 행선지를 걸어 놓고
출타하는 대서소 노인의 느린 몸짓으로
우묵한 자리에서 몸을 일으킬 뿐
갈색 병 속 차례를 기다리는 알약의 자세로
말없이 문밖으로 나서는 나날을 배웅할 뿐

십삼 년 만에 수유역에 내리며

아주 멀리 떠나온 듯했으나
전철에서 내린 곳은 수유역
내 눈은 조금씩 젖고 있었다
왜 사는 것이 그토록 망가졌던 것이냐
거리를 내다보는 도너츠집에서
낙엽 빛 커피를 마시며
투명한 거품이 눈물처럼 떠오름은
내가 얼마나 검었던 것인가

그동안 사랑은 어디에 있었던 것이냐
내 주머니 속 천 원짜리 지폐와
유리창 안 화분에서 해를 바라는
키 작은 풀들과 나비 문양에 있었구나
묵묵히 기다리는 의자들과
저녁에 밝아지고자 하는 불빛에도 있었구나

조용히 앉아있는 빵들을 보고 울며
세 평짜리 컴퓨터 수리점을 지키는
중학생 소녀를 보고 눈물지으며

땡볕에서 아파트 분양 광고지 돌리는
아주머니를 보고도 젖으며
그러다가 나는 씻을 수 없는
내 어둠의 붉은 뻘밭에 주저앉는다

도서관에서

세상 끝에 놓인 의자에 앉아
햇살이 잔잔히 내리는 반나절을 보냅니다

시곗바늘과 로마 숫자들이
벽 안으로 스며들어
점점 더 무거워지는 시간의 집을
육중한 기둥들이 떠받고 있습니다
발소리가 낭하에 크게 울립니다

이름 없는 이의 소설을 빼어듭니다
〈이 작가는 사후에 그 천재성이 인정되었다〉라고
표지 안쪽에 적혀 있습니다
갈릴레이도 끔찍하게 외로웠지요

색색의 책들은 모두가 아름답고
한 때는 참을 수 없는 기쁨을 주었겠지요
오랫동안 지식만이 길인 줄 알았습니다
헛된 망상에서 우리를 건져낼 수 있는
그러나 지식은 갈증만을 주었습니다

사랑을 이루기 위한 방편으로 쓰이기 전에는

지금, 지혜로운 노인처럼 둘러보니
가는 빛줄기가 한구석을 비추고
거기에는 삶과 죽음,
죄와 용서라고 적혀 있습니다

겨울의 문

담장 곁 눈길을 지나
물살이 멀리 내려다보이는
언덕으로 빛은 말없이 물러갔다
마른 가지들을 적시는 눈송이가
뿌리의 언 발을 덮고
씨앗들은 손을 비비며
얼음장 밑에서 선잠을 청한다
이 고요한 저녁에 이토록
눈썹이 시림은 어쩐 일인가
겨울은 내가 반짝이는 물결에 맡긴
헐벗은 것들을 보여 주려는가
눈 쌓인 숲은 아늑한 법이라는
내 마음의 빗장을 말함인가
별이 되었다고 섣불리 믿었던
비장하게 사라져간 것들과 함께
벽장에 묻어버린 두려운
확신들이 삭풍처럼 일어선다
밤새 신음하는 개의 눈꺼풀을 닮은
낡은 문을 열어젖힐 때에

어둠에 가려진 방은 숲 속에 있다

- 경북 안동시 임동면 수곡동 〈수애당水涯堂〉에서 씀

한없이 모래에 가까운 눈물

어느 봄날, 제사장이 용설란龍舌蘭 가시를 혀에 심다
사도들이 계시록을 태워 붉은 손을 달구다
모든 숲들이 모래바람을 불러 검은 잎을 벼리다
투명한 목을 남긴 채 새들이 뒷걸음으로 떠나가다
과일나무가 뿌리 깊은 원한으로 열매를 빚다
목소리를 잘라버린 종루가 시야를 잃다

어느 해 봄, 오월의 꽃들 위로 우박을 쏟는
숙주宿主의 웃음소리 들판 가득 울려 퍼지다
멸망한 왕조의 무사가 온몸을 불 지른 채
바람처럼 뛰어 의심의 포자를 날려버리다
물병자리의 사관史官이 눈 밝은 혜성을 파견하다
잘린 종려 가지들이 수액을 모아 다시 눈물을 만들다

속삭이는 회랑

어둠에 기댄 나날의 기둥들
먼지처럼 떠도는 발자국 소리
나의 느린 탄식을 그대는
어느 모퉁이에서 들었던가
지나는 바람의 소맷자락이
무심한 목소리로 떨구던가
그것은 혹시 천둥처럼 울렸나
빛과 그림자가 교차하는 곳 아득한
사각의 출구 너머가 두려워
시간의 늑골 사이에 갇힌 채
대기를 두드리는 푸른 새의 울음과
손짓하는 꼬리연을 외면하는
가련한 나의 곁눈질이여
먼 그대의 낮은 속삭임은
작은 사과나무의 흔들림으로
이끼처럼 말없이 저물어가는
내 명치를 잔잔히 어루만지네

북쪽의 얼굴
— 그림자 도시에서 4

긴 미몽에서 깨어난 듯
별들은 대지에 내려앉는다.
아픈 시간들의 무릎을 재우며
늦은 식사를 마주하는 밤.
세상은 소나무 껍질처럼 어둑한데
나는 북쪽 어딘가에 묻힌
부릅뜬 눈동자를 떠올리는 것일까.
붉은 잇몸을 드러내며 태어날 듯
빙하의 온도를 가늠하는 얼굴을.

보르헤르트를 만난 오래전
봄날을 기억하는지. 물질의
차가운 손금을 살펴야 했을 시각에
그 검은 연극을 보러 갔을까.
나는 문밖에서 서성이는
엘베 강 가의 유령에 매혹되어
그것이 세상을 거스른 내 행적의
단서가 아니었는지. 팜플렛 속
희미한 그림자로 남은 배역처럼

자정의 술집들을 찾아다니며
고독한 목을 뿌리째 뒤집으며
남루한 뒷골목 극장에서
비 내리는 흑백영화들의 슬픈
뒤통수를 하염없이 바라보았는지.

아득한 전장에서 돌아와 누운
지친 병사에게 손을 내저으며
빗장처럼 문들은 돌아앉는다.
겸연쩍은 표정으로 운명이 외면하니
이제 남은 나날들을 걸어 잠근 후
녹슨 열쇠꾸러미를 묻으며
기억들로 가득한 수첩을 펼치어
내 마음속 변두리 연보를 기록할 뿐.
누군가 알몸으로 북극의 눈썹을 녹여
지평선에 모닥불을 지필 때까지.

- 볼프강 보르헤르트 (1921~1947) 독일 함부르크 태생의 전후 세대 작가,
  책방점원, 연극배우. 대표작 「문밖에서」(러시아 전선에서 돌아온 병사의
  이야기).

그 겨울의 浮世畵*

어두운 온천 마을의 가파른 골목길을 오르던
그날의 발길은 어느 사라진 행각을 짚어갔던가
모든 소리를 내려놓고 길가 더운물에
발을 담그며 불 꺼진 여관들의 중얼거리는
푸념에 귀 기울였던가 무거운 가방의 침묵을
껴안고 인적이 끊어진 길을 따라 내 눈길은
너에게로 향하던 시외버스의 이마를 떠올렸다

    침침한 항구의 간장 달이는 냄새
    여관방으로 아침 식사를 전하는 노파의 무릎
    떠들썩한 선술집 선반 위의 마른 꽃

부나비처럼 차창에 부딪던 저녁
불빛들의 간절함을 말할 수 있을까
하루를 헤매어도 오래전 찻집 〈茶惠〉에서
국화차의 열망을 달래던 모래시계의
부드러운 손을 찾을 수 없었지만

    해변에 비스듬한 소나무숲의 기다림과

나에게로 다가와 산세또**를 되풀이하는
서쪽 카페 주방장의 고적한 오후

그 겨울의 며칠은 기억들로 따뜻하여
잔설 한 점 없는 산악지대를 가로지른
기차는 역무원도 없는 시골역에
내 무거운 짐을 내려놓았고
한적한 미술관의 고독한 점원을 닮은
수선화 그림엽서를 아무런 사연도 없는
먼 누군가에게 띄우곤 했다
강물을 건너는 검은 새와 작별하며

* 일본의 풍속화
** sunset

십일월의 깊은 밤에 말러를 듣다

백지의 잠을 자고 싶었다
생겨나지 않은 형상들을 품은 물처럼
깊은 밤을 지나는 검은 기차의
화물과 기관사, 또한 시간과 대지
사이의 오랜 관계마저 헐어버린 채
겨울 한구석에 웅크린 가난한 잠을

힘센 그들의 가공할 무기—침묵보다
훨씬 단단한 나의 절망이여
요절한 노래처럼 말이 없구나
돌아보면 낡은 화면 위에는 언제나
허둥대는 거리의 날을 세운 고함과
닫힌 문을 걷어차는 발길들뿐

기타를 메고 소도시를 헤매는 가수의
정처 없는 회색 수염과 어두운 포구의
방파제 안에 숨긴 나의 비망록이여
서둘러 이름을 벗고 퇴역하는 것들로
나의 잠은 가득하구나, 소리와 기쁨
자정과 부활의 인연도 아주 잊어버리듯

로드무비 3
— 우연한 여행자

밤늦게 도착, 서둘러 모텔에 들다. 밤새 깜빡이는 길 건너 술집의 붉은 네온등을 보며 잠들다. 꿈속, 물밑을 배회하며 잔뜩 긴장하는 전기뱀장어의 핏빛 신경다발을 헤집다.

모텔 〈워커힐〉과 소주 & 호프집 〈쓰리 몽키스〉, 〈교동 반점〉. 이 장소들은 어떤 근거로 나의 생에 들어왔던가.

내 마음속 포구의 〈작은 다리〉, 지친 걸음으로 소나무 숲 속에서 스러지는 〈지인길〉, 사소한 이름들은.

오전 10시, 버스를 타고 해변으로 향하다. 창밖으로 이층 카페 〈나마스떼〉의 낡은 간판이 스쳐 지나가다.

눈 쌓인 해변 사진을 익명의 번호들에 보내다. 너무 멋져요! 라는 답신 한 개가 도착. 포옹하는 연인들. 부활의 〈Never ending story〉를 듣다.

네루다의 시를 보내다. 〈어둑한 슬픔으로 나는 발코니

에 섰네,/ 어제처럼 내 어린 날의 담쟁이덩굴과 함께,/
아무도 살지 않는 나의 사랑 안에서/ 대지가 날개를 펴
기 바라며〉.

　나의 망막을 스쳐 간 장면들은 어느 먼 행성의 사진관
에 걸려 있을까. 옛 기억을 찾아 종로 2가 〈반줄〉의 어
두운 나무계단을 내려가는, 점점 굽는 내 어깨와

　십 년 넘어 간직한 스와로프스키를 목에 걸어주던, 이
태원 뒷골목 〈산토리니〉의 맑은 웃음들은.

　오후 3시경, 다시 눈이 쏟아지기 시작하다. 작은 숲을
기웃거리다. 바짝 마른 짐승의 잔해를 덮는 대지의 손길.

　일식집 〈귀선歸船〉에서 회식하다. 가시 많은 생선의 실
핏줄투성이 내장과 조우. 해초 형상의 수의壽衣를 입은
붉은 알들을 들여다보다.

　집이 비었다는 후배를 일찍 보낸 후 폭설 속을 걷다.

사라진 가수의 〈가리워진 길〉에 취하여 눈길에 몸을 눕힐 뻔하다.

모텔로 돌아와, 11시 뉴스를 듣다가 문자를 보내다. 2,500만 년 후에 만나면 달라질까… 그동안 힘들었으나, 즐거움도 있었으니…

동거하는 창부와 육체를 나눈 후 행복하게 죽는 술꾼*의 마지막 들숨에 귀 기울이다.

올해의 가장 시린 멘트를 노트에 적다. 세상은 거의 우연이지만… 고통이 클수록 우연은 줄어드는 것**

자정. 창문을 활짝 열어, 겨울바람이 마음껏 몰아치도록 허락하다. 맥주 세 병, 감자칩 한 봉지를 소비한 후 잠들다.

* 〈라스베가스를 떠나며〉
** 로베르토 볼라뇨, 『2666』

같은 하늘 아래

뭉게구름, 벌새, 자주달개비꽃
진주조개껍질, 잔물결, 그대는 깨어있는지

민들레씨, 푸른 돛, 모래톱의 먼 눈길
그대는 창밖을 내다보는지

　　신설동 뒷골목 낮은 담장을 지날 때
　　흐린 불빛과 도란거리는 소리가
　　내 안에 고인 기침에 귀 기울여
　　저무는 것들에 인사한다…

반짝이는 유리조각, 사소한 비밀들
은빛 시계추, 그대는 그네처럼 흔들리는지

　　어느 순간엔들 야윈 풀꽃들이
　　내 고된 여정을 살피지 않으랴
　　신문보급소 깃발처럼 고요히 흔들리는
　　아직 내 운명 속에 살지 않는 먼 발소리여…

숲 속에 내려앉는 노을, 비스듬한 노래
하늘에 별 몇 점, 그대는 편지를 읽고 있는지

언젠가 비단 소매를 접으며
내 가난한 골목을 걸어 들어올 작은 목숨이여

멀고 험한 길
— 단편으로 본 미시근대사 제1화

　그날 오후에 작은 좌절을 겪은 우리는 도곡동 사리원 불고깃집을 나와서 맥주를 마셨다. 두 명의 전직 민주투사들이 연이어 이끈 잃어버린 10년에 대하여 장시간 토론을 마친 후, 양재 전철역에는 찬바람이 몰아쳤다. 모든 종류의 소리를 좋아한다는 김 교수에게 나는 사람의 목소리가 가끔 두렵다고 하였다. 역사를 공부해야 하는 것이 힘들지 않습니까, 라는 물음에 그는, 잘할 줄 아는 것은 별로 없고 그냥 참아내는 것에 좀 소질이 있다고 대답했다. 지하차도를 급히 돌아가는 버스 안에서 묵묵히 흔들리며 눈을 감고 나는 늙은 쿠바 가수들의 쓸쓸한 노래를 떠올렸다. 관악산이 뚜벅뚜벅 저물어 가는 소리를 듣고 있을 뿐, 그가 과천에서 버스를 내릴 때까지 나는 내 어둠의 내용을 끝내 누설하지 않았다. 마른 국화 꽃 잎들이 차가운 아스팔트 길을 가만가만 어루만지고 있었다.

다음 세상에서도

카페 〈뜰〉의 싹싹한 여사장을 흠모하는 오랜 술친구 김 교수는 오늘도 그녀가 좋아하는 백장미 한 송이를 건네며 스탠드에 자리 잡았다. 여자에게 꽃 이름 붙이기를 취미로 하는 친구는 그녀를 흑장미라 불렀는데, 아직 매화를 만나지는 못했다고 했다. 안주 없이 독주를 마시며 몹시 괴로워하는 생면부지 공무원의 주정을 잘 받아주는 친구는, 터진 입술에 연고를 발라주는 여사장에게 진실로 감격하며, 모든 것은 전생에 쌓은 복이라고 열 번째 말했다. 무명가수들의 짝퉁 팝송이 눈물겨워갈 무렵, 백열전구들은 뜨거운 얼굴로 귀 기울였고, 우리의 망막에는 이번 생의 모든 갈랫길들이 희미한 실핏줄로 새겨졌다.

기쁜 우리 젊은 날*

그날, 십이월의 잿빛 하늘 아래
아직 생겨나지 않은 오랜 고난과
이별의 악수를 나누는 몽상 끝에
빈 숲에 부르짖는 검은 자세로
얼어붙은 겨울을 헤매었는데

차디찬 저녁의 까마득한 골짜기를
위태로이 건너는 두 칸 경전철에서
시인보다 더 불행한 서른 살의 내가
차창에 비친 앙상한 시간의
낡은 늑골을 마주했던 것인데

덫에 걸린 발을 잘라내려 몸부림치는
겨울 들판의 작은 포유류처럼
숲의 캄캄한 목소리에 기대어
지나온 정거장들의 발자국을 지우며
눈 내리는 뒷길로 사라지려던

그날, 내 마른 시야를 찢는 삭풍

핏줄 벽에 쌓이는 서리꽃 송이
공중의 마른 이파리들에 닿아
물방울로 스며든 협궤의 종소리와
그리운 밥집의 먼 불빛

그 계절의 연속극
— 가리봉동 일기

낮은 지붕 아래 모여앉아 우리는
입사시험 채점 오류로 일류기업에 수석 합격한
체육학과 출신 신입사원의 드라마를 보며
주연배우의 연기가 많이 늘었다느니
바람둥이 조연이 맘에 들지 않는다느니
한마디씩 하며 청춘의 사각 관계를 가늠했는데,
한강교각 위에서 여주인공을 구출하는 아슬함과
발차기 한 판으로 계약을 따내는 통쾌함이여
단골 카페에서 애인을 기다리며
단꿈에 빠지는 클라이맥스에 넋을 잃은 아이들은
헤어진 애인을 생각하고 부모는 불현듯
지나간 젊은 날을 추억했는데, 우리는
충혈된 눈을 껌벅이는 카페 〈여비서〉
네온 간판을 지나 눅눅한 문을 열고
붉은 조명 아래 고적한 홀에서
뚱뚱한 여사장의 호들갑에 맞장구치며,
기울어가는 봄날도 아쉬워하지 않고
내일이면 돌아갈 정처 없이 시린
각자의 자리도 잊은 채

— 연속극 〈신입사원〉의 장면들을 가져옴

소묘 1

　아직 활짝 피지 않은 흰 장미꽃은 치마를 겹겹이 입은
채로 생각에 잠겨, 밝은 햇빛도 나선형 꽃잎의 계단을
내려갈 때면 깊은 색조를 머금는다. 붉은색을 모두 털어
낸 자태는 눈부시지만, 고개를 숙이고 있을 때에는 숨은
슬픔이 배어 나온다. 알맞게 두터운 꽃잎은 목욕을 마친
누이의 손바닥처럼 따뜻하고, 꽃송이를 떠받는 잎은 교
복 깃만큼 정갈하다. 한 점 바람이 낮게 내려와 앉을 때,
지난가을 해변의 갈매기 나랫짓이 지상에 피어난 듯. 발
자국을 줄여가며 온 나절을 나는 한없이 다가간다, 내
몸의 그늘들이 희어질 때까지.

베베르에게

간밤엔 바람이 어지러워 철길도 흔들렸다
손 모으고 기도했느냐
어슴푸레 무쇠 난로는 칙칙대고
끝없이 눈은 내리는구나
날이 밝아 누가 말 걸더냐

검은 화차 위에 서서 너는
별 하나 내려앉은 모자로 인사하네
내 모든 그림자를 지우며
길 떠난 이별들을 불러 모으며

오늘 아침 세상의 도마질은 선하더냐
계란 한 알 그릇 안에 의롭게 깨어지더냐
언덕 너머 분분한 포성은 잦아드느냐

언 개울 밑으로 물은 말없이 흘렀으나
내 차가운 뺨은 곧은 기찻길을 믿지 못하였네
그러나 죽은 꽃들에게 쓴 긴 편지도
책갈피에 쌓인 물음표들도

푸식푸식 눈밭에 녹아드는구나

슬픔도 네게는 소망이더냐
귀뚜라미 소리도 친구이더냐
작은 기차역 푸른 빛 안에서
주님의 목소리를 듣느냐

처마에 부딪는 햇살은 재촉하고
이제 무거운 가방을 끌며 가니
네 헐렁한 옷과 벗은 발이
벌써 몹시 그립구나, 아이야

- 일본 長野縣 白馬村 역전 카페에서 영화 『Bebert et l'omnibus』의
  포스터를 보며 씀

식물의 사생활 7
— 소금꽃나무

그 꽃나무의 조상은 바람에 실려 소금밭에 떨어진 한 알의 씨앗이었다. 빛과 그늘도 담으로 갈라선 세상은 지평선 너머로 탄식만을 전할 뿐.

푸르른 빛의 눈썹이 틔어오는 새벽을 누구도 기다리지 않아, 깊은 어둠과 쓰라린 망각에 묻힌 채 씨앗은 죽지도 살지도 못하는 나날을 뜬 눈으로 지냈다.

어느 해, 병든 새끼를 초원에 눕힌 뒤 무리를 따라 떠난 어미가 있었다. 몇 해 지나 온몸의 핏줄이 소금에 삭은 채로 찾아온 어미는 씨앗의 곁에 누워 스러졌다.

어미 짐승의 짜디짠 몸을 먹은 씨앗은 비로소 소생하여, 오랜 산통 끝에 염분을 먹으며 살 수 있는 배아를 만들어냈다. 혹한의 해에도 가뭄에도, 나무는 소금으로 가득한 꽃송이를 탐스럽게 피워냈다.

어느 봄날, 탁발에 나선 현자가 소금밭에 외로이 피어 있는 꽃송이를 보았다. 짜디짠 꽃을 먹은 그는 바닷가

마을 언덕에 꽃나무를 옮겨 심었다.

　세상의 짠맛이 말라 갈 무렵, 노쇠한 현자는 첩첩산중의 고향마을 우물곁에 소금꽃나무를 심은 후 숨을 거두었다.

　오랜 후 우물가는 작은 소금정원이 되어, 사랑을 잃은 이들의 그릇을 눈물로 가득가득 채워주었다.

굴뚝새

나는 굴뚝새를 모르네
그럼에도 굴뚝새를 말하고자 함은
굴뚝새를 모르기 때문
굴뚝새가 굴뚝을 닮았는지
굴뚝새의 숨결이 검은지
나는 모르네
굴뚝새를 알려 하지 않네
굴뚝새를 만난다 해도
굴뚝새인지 알 수 없어
어느 추운 새벽
굴뚝 곁에 누워 온기에 기대는
새 한 마리 만나면
안개를 겹겹이 걷어내며
허방에 볼 비비어가며
한겨울을 굴뚝새와 함께
나고자 할 뿐이네

미니멀리스트 음양陰陽 씨의 회색 가슴털
— 단편으로 본 미시근대사 제2화

퇴계로 어디쯤에서 태어난 그는 흑묘, 백묘라 부르는 검은 모자, 흰색 구두 차림으로 다녔다. 어려서부터 명암에 몹시 민감했던 그는 조선조의 사색당쟁사를 음양의 조화로 해석했다. 자연과학에도 일가견이 있었는데, 동맥과 정맥으로 충분할 뿐 실핏줄은 필요 없다며, 린네의 계통분류법을 무시하고 생물을 오로지 숙주와 기생으로만 구분하려 하였다. 단색의 한반도기旗를 보고는 구역질을 하였는데, 태극과 같이 상하가 다른 색으로 명확히 구분돼야 한다고 열변을 토했다. 이상한 것은, 그의 가슴을 본 사람이 아무도 없었는데, 한여름에도 두꺼운 여분의 셔츠를 껴입고 잤으며, 목욕탕에 가자는 말에 불같이 화를 내었다. 가족의 생계를 자랑스럽게 외면했던 그는 만년에 白도 黑도 아닌 탈색된 뼛조각으로 돌아갈 것임을 깨닫고는, 실어증에 빠진 채로 진해의 흑백다방을 맴돌다가 어느 잿빛 겨울에 종적을 거두었다.

프로 논객 김우익 씨 일대기
— 단편으로 본 미시근대사 제3화

대학입시에서 좌우명座右銘을 左右銘으로 표기했다는 시사평론가 겸 전쟁연구가는 소년시절, 좌뇌左腦가 지능을 담당한다는 사실을 백과사전에서 읽은 후 격렬한 분노 끝에 오른쪽으로 돌아앉았다고 했다. 잡지 인터뷰에서 전시戰時체제 인간을 자칭한 그는, 인생은 편 갈라 싸우기이며 정치는 모든 것을 초월한다는 믿음을 피력했다. 군대 제식훈련 시에는 좌향좌 명령을 거부하여 유명한 고문관*이 되었다. 윗주머니가 오른쪽에 있는 양복을 늘 맞춰 입었고, 부친의 장례식에서 왼손으로 꽃을 바치는 문상객의 조의금을 받지 않았다. 평생 건강했던 그의 의학 지식은 몹시 빈약했는데, 심장이 왼쪽 가슴에 있다는 사실에 경악하여 사흘 밤낮을 술로 지새운 후, 우하복부에 위치한 맹장의 사소한 염증이 도져서 사망했다.

* 군대에서 상습적으로 말썽부리는 사람을 일컫는 속어

세상에 편승하는 수순
— 단편으로 본 미시근대사 제4-6화

당론

피타고라스 학파의 히파수스는 무리수의 존재를 누설하여 동료들에 의해 지중해에 수장된 것으로 전해진다. 조선조의 사대부들은 이 사건을 눈부시게 일반화, 독보적 철학 개념인 〈당론黨論〉을 만들었다. 조선 후기사에 빈번히 등장하는 이 어휘는 2000년대의 한양 신문에 자주 비친다.

익翼

〈절이 싫으면 중이 떠나라〉는 명제를 일생동안 탐구한 동래의 철학자는 한반도를 떠돌며 수많은 절들에게 의견을 물었는데 응답을 들을 수 없었다. 어느 날 옥편을 뒤적이다가 날개 익翼을 접한 이후, 그는 고독하지만 만족스러운 여생을 보냈다. 그가 남긴 일기장의 마지막 쪽에는 〈서로 다른 깃털들이 날개를 만들다〉라고 씌어 있었다.

면벽

　어느 해 런던을 여행하던 화성華城의 한 과학자는 성바오로 대성당의 성가대 공연을 본다. 빅토리아조의 영광을 재현한 그 장면에 감탄한 순간, 위대한 인간이 되기를 갈망했는데, 그것이 괴로움의 시작이었다. 실험실에 파묻혀 면벽을 시작한 그의 등 뒤에서 동료와 적들은 수군거렸다. 10년 뒤, 과로와 외로움에 지쳐 문득 시를 쓰기 시작한 그에게 비로소 기름진 나날이 펼쳐졌는데, 그제서야 21세기의 사대부로 인정받았던 것.

더빙
— 단편으로 본 미시근대사 제7-8화

통通

그 작가는 〈세계의 가벼움〉이라는 멋진 말에 흠뻑 빠졌다. 〈이상하기도 하지, 가벼운 구름들 같이 서로를 통과〉*라는 말에서 분명한 포스트모더니즘의 징후를 감지한 그는 교양학부 시절의 자연과학개론 교과서에서 해답을 발견했다. 원자의 질량은 극히 작은 핵에 집중되어 있고, 나머지는 빈 공간이라는 것. 이후, 동물원에서 맹수가 철창을 뚫고 나오기를 끈실기게 기다렸고, 딩구공들이 충돌하는 현상에 깊은 회의를 느껴 그 유일한 취미를 끊었다. 끊임없이 행인들의 어깨에 부딪던 그는 어느 날, 만취한 채 벽을 통과하는 실험을 감행한 후 종적을 감추었다.

* 기형도, 「어느 푸른 저녁」

익匿

페르난도 페소아의 시집을 읽은 시인은 감탄했다. 점액질 인간인 그는 20세기 초의 포르투갈 시인이 세 가지의 가명으로 활동했음에 무척 끌렸다. 세 가지의 이름과 경력을 각각 제작하여 세 가지 문체로 멋진 작품들을 부지런히 투고했으나, 십 년 동안 한 편도 발표할 수 없었다. 세간에 나오기로 작정한 시인은 이후, 진심과는 거리가 먼 엽기적인 시편들을 발표, 평론가들의 찬사를 받으며 단박에 유명해졌다. 최근에 그는 새로운 필명으로 『비밀요원』이라는 베스트셀러를 출간했다.

십이월의 벡터

몇 무리의 독백이 창틀에 갇혀 있다.
안개에 잠긴 짐승처럼 곤두선
갈기에서 뜨거운 증기를 뿜으며.
마른 가지들의 침묵을 지우며
짙은 연무의 욕정 속으로 탈주하는
진눈깨비의 촉수가 잿빛 채찍으로
계절의 뿌리를 거칠게 두드린다.
대지의 딱딱한 안장 위 먼 곳으로
유배되는 갈잎들의 긴 행렬 뒤에서
눈 흘기며 엎드린 열망의 표적들.
누군들 망명을 꿈꾸지 않으랴마는
빈손을 저으며 돌아보는 기억들은 곧
축축한 욕망의 해면체를 가득 채울
숨죽인 광기의 전조인 것이니
바닥 없는 동굴 속으로 도피하는
시계추들을 나무랄 수 있겠는가.
손뼉을 마주치며 침낭을 접는 나날과
잠긴 문에 익숙한 여행자들의 식단.
붉은 시간의 혓바닥이 매일 한 쪽씩

핥는 예언서와 수백 년 동안 낯선
시간의 얼굴을 만지는 늙은 종소리.
말라붙은 문장들의 회고록을 껴안은 채
희망없는 사랑을 간직한 누군가
추운 별자리를 향해 화톳불을 지핀다.

이완규 선생님

70년이었나요, 봉천동 달동네에 살던 겨울 저녁에 불쑥 저희 전셋집을 찾아오셨지요, 주소만 가지고는 무척 어렵다고 하시며. 중학교 졸업을 앞두고 상급학교에 진학해야 할 제가 도통 연락이 되지 않아서 그리 오셨습니다. 전문학교는 일반 고등학교와 달리 원서 접수가 훨씬 빠르다고, 직접 원서를 사 오셨지요.

사는 꼴이 부끄러워 방으로 모시지도 못했습니다, 대문간에서 인사를 드렸지요. 그때 신생님 연세가 지금 저와 비슷했던 것으로 기억합니다. 과묵하시면서도 따뜻이 북돋아 주셨습니다. 이제 운명을 알기도 할 나이에 아직도 서성거리는 저를 보면, 어찌 그리도 반듯하셨는지요.

선생님의 영어 강의는 일품이었습니다. 접속사를 코뚜레에 비유하시던 모습이 생생합니다. 청계천 책방을 돌아다니며 『주홍글씨』, 『빼앗긴 이름』과 같은 영어 소설을 탐독하였지요.

오 년제 전문학교를 졸업하지 않고 학원에 다닌 후 대학에 들어갔습니다. 2학년 때였지요, 비원 앞 예식장에서 우연히 뵈었을 때, 장발에 파마까지 한 저를 보고 여자냐고 꾸중하셨지요. 그렇게 오랜만에 뵈었어도 쭈뼛거렸고, 커피 한 잔 대접하지 못했습니다.

삶은 몹시 힘들었습니다. 평범하게 살 팔자가 아니었나 봅니다. 끊임없이 배회하다가 삼십이 다 된 가장으로 유학을 갔고, 대학에서 가르치게 되었지만, 선생님이 베푸신 사랑 근처에도 가지 못했습니다.

해가 갈수록 사는 것이 끔찍했었습니다, 그러던 끝에, 하늘이 붉게 이글거리던 어느 저녁, 죄인임을 인정하고 난 후, 늘 거기에 묵묵히 있었던 세상을 다시 바라보니, 놀랍게도 한 모금의 냉수와 같은 정갈한 평화가 놓여 있었습니다.

그 후 선생님의 삶에 대하여 저는 모릅니다. 제게 다가올 시간에 대해서도 알 수 없습니다. 제 회개의 눈물

이 거짓은 아니었다는 것, 그리고 두려움을 조금은 견뎌
낼 수 있는 아주 작은 사랑을 지니게 되었다는 것, 그것
뿐입니다, 선생님.

사랑해, 말순씨*

시장 모퉁이에서 쌀 내음에 취한 너를
비닐봉지에 잡아넣고 붕붕거리며 놀던
옆집 아우 성훈을 보았느냐

어느 해 어느 곳에 다시 태어나
누구의 기쁨이 될 건지, 물어다오
작은 꽃에 내려앉은 십일월의 꿀벌아

콩을 구워먹다 불에 타 숨진
여섯 살배기 나의 고모는 이제
엄마를 만나 그곳에서 잘 사는지

애인을 군대 보낸 후 떠밀려
선보러 나온 쌀집 막내딸은
그날에 내가 취했던 이유를 짐작했는지

신상옥의 옛 영화 〈쌀〉의 마지막 장면에서
산자락을 뚫고 확 트인 물길은
깡마른 왕십리 아이 눈망울에

아직도 흐르는지, 물어다오

컴컴한 염천교를 건너 하교하며
쌀 한 말 사는 게 소원이던 소년을 닮아
주머니를 양식으로 불룩 채운
줄무늬 털바지를 입은 꿀벌아

이슬 한 방울 꽃잎에 돋아나는 동안
너는 슬픔처럼 몸을 숙이며
뜨거운 진액을 흘리네

* 영화제목

장승업

송충이가 명주실을 자아내다니
어느 관복官服이 기뻤을까
첫 울음을 삼킨 이부자리부터
삶을 버린 가마 불구덩이 속까지
그대의 동선動線은 예정되었던 것
눈물 한 방울 그려내지 않았지만
붓끝이 분노의 잉걸이었음을
봄눈처럼 흩어진 노류장화
치마폭에 떨군 그림들이 간직했다
버려진 들판에서 그토록 평안하여
바람 한 점 새겨 넣지 않았던가
대나무의 곧음은 사대부의 것이니
괴석 위에 쭈그려 물끄러미
성긴 소나무숲을 바라볼 뿐
캄캄한 새벽 육의전 거리에서
취한 불빛에 고해한 후
까마득한 절벽에 눈썹을 걸어놓고
다음 세상을 기약하며 사라져갔던가

무명가수 하구만 씨

구십 년대 어느 날 홀연히
십 대들의 가요프로에 나타난 중년 가수는
자비로 몰고 다니는 백댄서들과 함께
울긋불긋한 연미복 차림으로
왕년의 트위스트 킴 비슷한 몸짓으로
신 나는 뽕짝을 한바탕 뽑아내고는
뜨악한 어린 관객들의 눈길에 손 흔들며
세상 밖으로 유유히 사라졌는데,
유쾌한 독고다이* 하구만 씨가
레코드나 한 장 냈는지
뒷골목 밤무대에서 날렸는지는
알 수 없지만, 그 후
어느 문파에서도 원치 않는
한 소침한 시인의 가슴에 남아,
절판된 소설의 클라이맥스처럼
술 한 잔 걸친 외투 자락에
몹쓸 찬바람이 가득 찰 때면
찡가붕, 찡가찡가붕**
환상의 가락으로 되살아났다

* 무리를 짓지 않고 홀로 다니는 협객
** 코넬 울리치,『상복喪服의 랑데부』

고물수집가 정공춘 씨

촌티가 풀풀 나는
실실 웃는 정공춘 씨는
돈과 시간만 생기면 색시집을 순례하듯
잘생긴 물건들을 찾아내어
기숙사 방에 잠재우며 하룻밤 사이
만리장성을 쌓곤 했는데
놀라운 재주의 비결은 절대로
눈싸움하지 않는다는 것
밤마다 은근한 자리를 벌이는데
낡은 치마폭 그림자들의
넋두리를 묵묵히 들어주다가
한 방울 눈물을 보인다는 것
오랜 편력 끝에 정공춘 씨는
평생의 반려를 얻었는데, 그건
프린터 잉크를 리필하는 일
이제 고생도 다 끝났는데
마른 자궁에 목숨을 불어넣는 맛에
돈 많은 무명시인처럼 산다고

소묘 4

흐린 날 고적한 화단에 피어난 안개꽃은 시린 겹눈을 곱게 흘기며 웃고 있다. 그 나직한 눈길들은 지난날 내가 사랑한 작은 곁문들을 닮아서, 떠나간 맥박들도 짙은 물안개 속에 두런두런 둘러앉는다. 낮은 까치발들 위로 한낮의 별자리가 쏟아져 내린다. 염전에 맺히는 굵은소금처럼 기약 없는 꿈속에 잠긴 듯하나, 바람의 손길이 닿으면 시간의 모래알들이 흐르듯 머릿결을 한쪽으로 기울인다. 빛과 초록이 맞닿은 거울 위에 흰 눈물 맺혀, 점짐이 밀어시넌 섬늘이 돌아오는 먼 여행의 끝. 언 발을 따라온 눈송이들 흩뿌려 세상은 마침내 슬퍼지는 것. 낮은 구름 아래 한나절, 대지의 끝에서 배달된 엽서들이 잔잔히 흔들린다. 시간의 모든 알전구들을 밝히며.

불 꺼진 책방을 지나며

가로등 희미하게 비추는 그곳을 지납니다
한 점의 침묵 어둡게 기댄 골목에서
절판된 칠십 년대 소설 주인공처럼 배회합니다
왕십리를 무대로 한 그 책은 이루지 못할 사랑 때문에
집을 불사르고 용병이 된 사내를 기다리다가
쓸쓸히 돌아간 콜걸의 사연입니다
그 동네 여관에서 지샌 기억이 있습니다
중립국을 택하여 떠나는 인민군 포로의 이야기를 담은
책 속지에
〈광장에서 밀실로, 밀실에서 광장으로〉라고 적기도
했습니다
윤동주 시집을 산 저녁에는 걸음이 무척 가벼웠지만
시인은 슬픈 사람이라는 것을 알았지요
중세 세밀화가들에 대한 소설도 잊을 수 없습니다
〈새로운 도시의 새로운 문들의 해악〉이라는 구절에
놀랐고
늙어서 눈이 멀어버리는 그들의 생이 아름다워
제1권으로 그만 요절케 하였지요
이 책방도 가슴 저미던 모든 날들을 반생으로 마칩니다

겨울 한구석에 위태로이 앉아 있던 난로는 녹슬고
용병과 콜걸의 사연은 아주 묻히겠지요
낡은 자전거처럼 벽에 비스듬히 기대어봅니다
다음 세상에 다시 만나도 여전히 나는 아닌가요…
서늘한 노래가 길을 건너 밤바람 속에 흩어집니다

김영출 씨

나룻배 타고 뚝섬 건너 십 리 길
봉은사 지나 큰 고개 너머 한티에서
고모는 살림꾼, 고모부는 장사
소에 받히는 딸을 구하려 맨손으로 결투했다고

언주국민학교 출신, 짙은 경기도 사투리
강남 개발에 뿌리 뽑힌 채 강 건너와
불량하게 사춘기를 보낸 후 군대에서
고문관으로 전역한 택시기사 영출 씨

이십 년 지난 후, 할머니 장례 치르는 날
나를 도련님이라 부르는 후덕한 형수님과 함께 찾아와
너무 오래 소원하여 쑥스러운 나에게
주 아래 사랑하는 게 참 좋다는 김영출 집사

말죽거리 근처를 숱하게 배회하다가
나는 그 후 십 년도 더 지나 회개했고
고모부 돌아가신 후 이민 간
고모 소식이 몹시 궁금했지만

아직도 연락 잘 안 하고 사는 건
늦은 밤 우연히 대치동 어디쯤에서 마주쳐
기사식당 국밥 한 그릇 얻어먹으며
밀린 넋두리를 풀어놓자는 심사인지

구름의 두께에 대하여

바람의 발목 근처를 배회하는
물방울들의 잿빛 궤적
집들의 행적을 잠그며 언덕을 넘는
산 그림자의 주름, 낮은 종소리가
축축한 이불 아래 저녁을 펼친다
한쪽 눈을 잃은 채로 들판을 헤매는
개의 주린 발자국들이 몸무게이듯
나의 추운 뜰을 가득 채운
안개의 속삭임에 답하는 건
대기의 어두운 지문, 기억의
소매에 걸린 젖은 꽃씨들과
마르지 못한 서쪽 하늘의 수액
볼록렌즈를 지난 흐린 빛살이
벌거벗은 아이의 체온이듯
그대에 대한 모든 예감이 시이듯

흑백사진들

1

네온 간판이 현란한 거리를 지나거나, 토크쇼 말들의 잔치에 자막까지 가세하는 광경을 보노라면, 여인의 울 긋불긋한, 들떠버린 화장을 연상하게 된다. 온갖 색스런 말과 표정으로 얼굴 내미려는 것들이 가득한, 잊혀가는 것을 죽음보다 더 두려워하는 세태에서 요즘 찾는 습관 은, 좀 더 천천히 걷는 것, 좀 더 뜸하게 낮게 말하는 것, 고개를 느리게 놀리는 것. 그러면 사물들은 야한 색깔들 을 털어내고 그 안에 깃든 그림자들을 토해낸다.

2

아키라 구로사와의 흑백영화 〈천국과 지옥〉 클라이맥 스에서 공장굴뚝으로부터 붉은 연기가 피어오르듯, 사 물들의 숨결에서 희미한 단색조의 무늬가 떠오를 때 나 는 흑백의 장면으로 남아 있는 기억들에게 이야기를 털 어놓는다. 초등학교 시절 동네 극장에서 보았던, 제목을 기억할 수 없는 김지미 주연의 영화. 시어머니에게 소박

맞은 며느리는 길거리로 쫓겨나, 비 내리는 대문간에서 흑백의 눈물을 흘린다. 달빛도 없는 밤에 산장을 찾아 헤매다 얻은 깊은 상처에서는 검은 피가 솟아나왔다. 다락방 한켠에 앉아 있던 퇴색한 나무상자 안에는, 외삼촌의 낡은 일본어 화학교과서, 먼지투성이 시험관들. 그리고 아마도 공무원시험 준비용이었던 『물권법物權法』이라는 제목의 두꺼운 책.

3

인왕산, 청계천의 철거민들이 통반 번호도 없이 A지구, B지구 등으로 구획을 지은 신림동 산동네에서 우리는 사글세를 살았다. 나의 중학교는 서울역 뒤편 만리동에 있었는데, 여자승차원(차장이라 불리던)이 차에 매달린 채 신호를 울리면 운전사는 곡예 하듯 버스를 회전하여 사람들을 구겨 넣었다. 귀갓길 언덕을 비스듬히 오르면 모친은 저녁노을을 받으며 외아들을 기다리고 있었다. 전력사정이 형편없어서 소형라디오는 밤이 되면 희미하였고, 전구도 침침해져 책을 읽기가 어려웠다. 가장

괴로운 건 아침이었는데, 공동화장실 앞에 줄을 서서 오
래 기다려야 했기 때문.

4

　티브이를 가진 집은 몹시 희귀해서, 월남에 다녀온 예
비역의 집에서나 볼 수 있었을까. 어느 날 저녁 동네를
배회하는데, 들려오는 노래가 〈호반에서 만난 사람〉이
었다. 담에 기대어 그 집 마루를 들여다보니, 청초한 여
가수가 물을 배경으로 노래하고 있었다. 두 번째 노래는
〈강 건너 등불〉. 칠팔 년 지나 우리 식구는 큰길 입구에
작은 집을 마련했는데, 티브이도 장만했고 과외로 돈을
벌어 별표전축도 월부로 샀다. 정훈희에 대한 내 기억은
생생하게 아름다웠고, 그녀의 노래들이 이봉조에 의해
만들어졌다는 걸 알았다.

5

　밴드마스터 이봉조는 질박했던 듯하다. 개인생활이 깨

끗했다거나, 차림새가 산뜻했다는 말이 아니라 재능을
남용하지 않은 몸가짐을 말하는 것. 그의 작곡은 많지
않으나, 현미, 정훈희 등의 목소리에 실어 세상에 내놓
은 하나하나가 주옥같았기 때문. 절제가 과묵함과 잘 어
울렸다. 나는 오늘, 흘러간 여배우 문정숙의 노래 〈나는
가야지〉를 듣고 있다. 결코 예쁘지 않은 얼굴, 곱지 않은
목소리. 그러나 그녀의 노래와 표정에는 화려한 분가루
로 치장한 야함과 경박함이 드러나지 않는다 (당시 사진
들이 흑백이어서 그럴까). 어둑한 슬픔과 절제된 몸짓이
드러날 뿐. 모두들 가벼운 재주와 허한 언변, 쓸모없는
다산多産과 교묘한 화장술로 나서려는 이 色스러운 아수
라장에서, 무채색의 기억으로 남아있는 그들이 몹시 그
립다.

6

　나는 이 흑백의 노래들을 나만이 아는 작은 방에 모아
넣고 자물쇠를 채웠는데, 이따금 그 방에 들르면 열쇠
소리가 찰칵, 울리기도 전에 와글와글 깨어난다. 노래도

사람과 마찬가지로 종일 잠들기는 괴로운 것. 나는 그 낮은 숨결들을 토닥토닥 달래며, 소주 한 잔과 함께 오래오래 논다.

누하동 미싱수리점을 지나며
— 장영실에게

이제 와서 그대를 생각해냄은 세월의 짐인가
고향을 등진 북쪽 문으로 사라진 후, 시간이
지워버린 자의 슬픔을 이곳에서 가늠함은.

동래에서 상경한 후 서촌의 한 귀퉁이에
안거하고자 하였으나, 임금이 하사한 면천과
종삼품은 무엇인가. 관노가 두른 흉배에
내리꽂히는 들끓는 분노들을 감당하려 했던가,
그대가 골몰했던 구상具象들이 결국 그대의
엷은 명치를 짓누를 것이었음을.

밤하늘의 운행이나 빗줄기의 깊이를
무엇하러 헤아리려 했던 것인가, 세간의
인력과 척력에 도무지 무심한 것들을.
도성을 향한 채 청풍명월을 읊는 무리의
수염이나 다듬을 노릇이었던가, 영남의 땅들을
해갈한 실사구시의 손목은 너무나 일렀던 것.

그대가 만든 임금의 수레 따위에서 명확한

종점이 드러나니, 이천의 온천으로 행차하는
왕의 안여가 주저앉은 건 시간의 뒤늦은 결론.
모진 곤장으로 국문당한 후 그대는
식구들이 기다리는 남쪽 문을 버리고
중죄수들이 처형당하는 북문을 택했다*, 부러진
손톱으로 오려낸 별 무덤들을 끌어안은 채로.

* 연극 〈궁리〉의 장면

나는 그곳에 잘못 내렸으나
— 그림자 도시에서 6

이십 년 동안 직장 언저리를 맴돌며 기숙하던
쓰디쓴 악보를 세상 밖으로 불러내었을 때
상처투성이 음표들이 날개를 분지르며 한밤의
창살 속으로 떨어져 내렸다. 그것은 애초에
맞물리지 않은 지퍼의 소리 없는 탄식이었던가?
그곳의 거북한 삶을 말하자면 그대여, 은유도 없이
몇 겹의 침묵으로 봉인된 창문을 확인할 뿐. 나는

잘못 내렸던 것이다, 날숨을 허용치 않는 고래
뱃속의 요나; 목숨을 부지하려 결집하는 나태한
패각들의 시선에 눈감은 면벽; 그 조악한 장소를
일터로 받아들인 후, 어떤 초대장도 거부한 채로
그들의 무료한 어둠 속 카드게임에 응하지 않고
바닥 없는 우물의 밑바닥에서 나는 쓸모없이 멀리
보았던 것. 때로는 뜻밖의 행복도 있었다, 그대여

무성한 추문들의 층위에 상관없이 먼지의 어깨 위에
수북이 내려앉는 햇살; 비의처럼 공중에 번지는 밤의
보이지 않는 비행운; 영혼은 불현듯 밀교처럼 비추는

등불을 찾아가는 것. 그 캄캄한 벽지는 침묵의 깊은
기쁨을 일러 주었으니. 진실로 견디기 어려웠던 모든
장면들은 절망과 두려움과 분노로 무너져 내린 나의
검은 담즙에 쌓여 단단한 시편들로 맺혀 열렸으니.

베베르를 다시 만나며

오래전 겨울 적막한 시골 마을의
작은 카페에서 손을 녹일 때
창가에 부딪는 바람은 매웠고
너는 맨발인 채로 웃고 있었다.
그간의 삶을 돌아보면, 베베르야
목젖까지 차오르는 구토를 참아가며
생의 내장들을 가시나무에 걸어놓고
낡은 문패들로 부지했던 것일까.
사사로운 책무에 잠긴 유배지에서
한 모금 물을 긷고 있었던 것일까.
때로는 오래 간직했던 열망이 문득
증기처럼 사라진 순간도 있었다. 그때
내 안의 평온은 생인지, 생의 껍질이었는지.
이별에 앞선 슬픔들이 가끔 문간에
더운 그릇을 놓아주기도 했으나
진실은, 지상의 어느 계절도 내 눈가에 돋은
그림자의 어스름을 감당할 수 없었던 것.
망상과 희망 사이의 분절을 알려준 건
오로지 나의 실패한 배역들이었던 것.

강물과 마주치는 오후의 빗소리와
시월의 과묵한 새털구름들을 그리며
그러나 베베르야, 나는 손바닥에 토해낸
붉은 피 한 줌을 간직한 채 이제껏 살아남아
매일 새벽, 하늘의 알전구를 갈아 끼우는
구차함과 내 폐허의 늑골을 비추는
가로등 불빛들만이 가까운 위안이었던가.
나는 늦가을의 침침한 폭우 속에서
늙은 맹인가수의 노래를 들으며, 베베르야

- 일본 고베 역전 상가 표구점에서 영화 〈Bebert et l'omnibus〉의
  포스터를 보며 씀.

행적—부초浮草

　새벽잠에서 깨어난 기억의 심지들이 창밖 희미한 빛으로 데워지는 동안, 몸을 웅크린 몇 무리의 조등弔燈이 물안개 위로 떠올랐다. 죽은 그림자들의 허파꽈리가 닫힌 숨구멍을 향해 자맥질하는 물결 너머, 미세한 공중의 섬모들이 내 상복의 촘촘한 격자에 박힌 젖은 소매들을 어루만졌다. 누가 물의 잔등에 깃을 심었던가… 부러진 내력들의 무릎을 쪼아대는 새떼, 묵묵히 퇴각하는 해변의 뒤꼭지 – 부스러지는 살 속이 아니라면, 돛을 잃은 꽃받침들이 발길을 돌리겠는가 … 나의 탄식에, 어느 고된 단애에 서서 해일을 기다렸던 것인가 – 누군가 소리쳤다. 갈대숲의 무거운 침묵 사이로 고개를 숙이며 떠나는 회한의 빗금들 행렬 뒤 얼핏, 초분草墳을 태운 연기가 시간의 처마에 지느러미를 짓고 있었다.

검은 섬
— 조류藻類의 시간

　오랜 표류 끝에 다다른 절벽은 침식으로 너덜너덜했고, 바다는 온통 남조류의 점액으로 끈끈했다. 섬의 방위方位는 단세포 규조류의 껍질에 실려 물 위를 떠돌았으며, 온도는 간헐천과 빙설에 의해 분류되었다. 자정에 닿은 목숨들의 느린 손짓. 부서지는 물의 고함소리. 흐느적거리는 녹조류 숲에서 끊어진 빛의 항적을 잇던 반딧불들의 자세가 일순 헝클어질 때, 누군가 탄식했다. 살갗 아래 정박한 종점들을 그토록 오래 외면했던가… 투구게의 죽은 고막이 기억해낸 고동소리를 향해, 무너진 방파제가 기우뚱, 할 때, 하늘 가득 밀려온 홍조류의 숨결이 핏속 말라붙은 돛을 데우고 있었다.

사순절 저녁 창가에 도착한 박새에게

멀리 서성이는 저녁의 기척들과
모퉁이의 귀를 부르는 불빛
온몸의 털을 곤두세운 그림자들의
종종걸음을 따라잡는 어둠의 발자국과
황혼 속으로 흩어지는 굴뚝들의 온기
지난 폐허들을 처마에 걸어놓은 채
대기는 나의 검은 손금을 회수한다

기억하느냐, 차가운 빗줄기 속으로
떠난 길의 외로운 고백을
메아리의 침묵에 익숙한 나의 목소리는
소식처럼 먼 항로를 바라본다
언덕 너머 하모니카 소리의 습기를
품은 들꽃들에게 너는 물어보아라
우연한 빗방울과 잊혀진 서약들, 겹겹의
옷을 입고 찾아든 나의 유물들에 대하여

헝클어진 숲의 목쉰 노래들을 보내며
나는 창을 닫기에도 힘겹구나

성금요일에는 상복을 입은 아이의
깊은 눈빛으로 세상을 건너야겠지
이 밤의 울음과 속삭임을 모른 체하며
소멸의 기억에 빚지어 이제 작별한다
지나간 강물과 다시 만날 기약하듯이

해설

뜨거운 비애로 젖는 겨울 랩소디

김 명 원(시인 · 대전대 교수)

1. 기억들, 봄에서 겨울까지

릴케가 슬프다고 말한 봄이었다. 겨울을 간신히 빠져 나오려는 대기는 낮고 축축했고, 먼 산의 춘설이 비듬처럼 듬성듬성 보이는 쌀쌀한 오후, 책보만큼 커진 창문 햇살에 따스함을 기대어 『우이시』 과월호를 읽다가 화들짝 놀랐던 기억이 지금도 생생하다. 내 몸이 멈춘 곳은 한 시인의 시에서였다. 「식물의 사생활」이라는 제목으로 사물에 대한 탐색을 생경한 서정적 이미지로 표출한 아름다움이 눈부셨다. "홀로 서 있는 것들을 그리워하면 밤은 금세 지날 거라고/ (…) / 낯선 도시가 갈색 화면 위에서 잠을 깬다./ 필름 끝, 정지된 삽화를 본다." 나는 데이비드 애튼보로의 '식물의 사생활'이 어떻게 궁극의 또 다른 시 언어로 축약되는지를 알게 되었다. 그건 감격이었다. 그리고는 시인의 이름과 약력을 마음에 벅차도록 눌러 담았다.

다음 해인 2008년 3월, 또 초봄이었다. 『정신과표현』 창간 11돌을 맞아 기념문학기행이 밀양에서 있었는데, 그곳에서 기억에 차도록 담았던 예의 그 시인을 드디어 만나게 되었다. 허름한 국밥집에서 우리는 인사를 건넸고, 시에 대해 이야기를 나누었다. 더구나 약학을 전공했으면서 시인의 길로 들어선 나의 행적과 자연과학을 전공했으면서 시인이 된 그의 이력은 흡사하여 금세 동지임이 확인된 이상 우리는 더할 나위 없이 유의미한 시간을 보냈다. 설익은 봄빛이 쏟아지는 시도유형문화재 이우영 고택 담장을 돌다가 그가 상재한 두 번째 시집 『비밀요원』을 비밀스럽게 건네주었을 때, 나는 제호에서 풍기는 고급스러운 은밀함에 유쾌해졌다. '비밀요원'이 곧 '비밀시인'으로 읽혔던 연유에서였다. 시인의 비밀결사대에 영입된 느낌이었다.

이듬해 봄, 대전문학모임이 주선한 이면우 시인 초청 대담에서 그를 다시 만났을 때 우린 시에서도 삶에서도 무르익었다. 산수유 꽃망울이 터지는 저녁 시간을 따라서 동시대의 스산함을 공유했던 대학 시절로 달려갔고, 그 시절의 헌책방이며 음악 감상실이며 극장이며 서울의 내밀했던 공간들을 차례로 배회하면서, 그 당시에 읽었던 책과 들어야만 했던 음악과 수많은 영화와 숱한 외로움과 창백한 젊음에 대해 한숨지었다. 그는 특히 아키라 구로사와의 흑백영화 〈천국과 지옥〉클라이맥스에서 공장굴뚝으로부터 붉은 연기가 피어오르듯, 사물들의 숨결에서 희미한 단색조의 무늬가 떠오를 때 흑백의 장면으로 남아 있는 기억들을 털어놓게 된다고 말했다. 우리는 삼 년 지기에서 삼십 년 지기가 되었다.

이후 그와 나는 같은 웹진에서 편집 일을 수행하면서 몇 차례 더 만났다. 그의 직장은 수원이고 나의 거주지는 대전이어서 자주 만날 수는 없었지만 우리는 문예지나 시지 등의 지면을 통해 서로의 시로 교류했으며, 서로의 시를 통해 시인으로서의 삶을 격려했으며, 서로의 시로 여러 번 지폈던 봄의 추억들을 호흡하였다. 그리고 2012년 겨울이 시작될 무렵에 그로부터 한 통의 메일을 받았다. 세 번째 시집을 엮을 계획이라는, 시집 해설을 부탁한다는, 방학이 되면 엘에이로 떠난다는 편지였다. 비평의 관점이 전무한 내게 해설이 맡겨진 신뢰가 두려웠고, 혹한의 한국과 대비되는 따뜻한 미국 서부로 날아가는 비행이 부러웠다. 그러나 무엇보다 그의 첫 독자가 된다는 사실이 설레었다.

2. 겨울 부세화浮世畵로 축조된 풍경들

시인은 이미지로써 표현하고자 하는 세계 인식을 공간으로 창조해낸다. 이렇게 생성된 이미지는 세계에 대한 시인의 정서적 반응을 총체적으로 가시화한 것이 된다. 그런 측면에서 시인이 창조한 이미지는 실존 그 자체가 되기도 한다. 새로운 세계, 새로운 삶의 존재방식을 구축하기 위해서는 언제나 새로운 이미지 창조가 요구된다. 이런 점에서 시란 본질적으로 새로운 이미지에 대한 갈망이라고 할 수 있다. 하지만 모든 이미지들이 그 자체로서 창조적인 의미공간을 형성하는 것은 아니고, 시적 공간 속으로 들어와 구조화될 때 그 의미를 갖는다.

이미지가 구조화된다는 것은 곧, 언어적 질서와 문법에 의해 코드화된다는 것을 뜻한다. 이미지가 코드화될 때, 이미지는 단순한 단어에 머물지 않고 과거의 경험을 초월하는 하나의 기호체로서 작용하게 된다. 이 기호체 혹은 상징체는 시인의 내부적 세계와 외부적 세계를 융합하는 하나의 표상세계로서 다의적인 의미를 생성해낸다. 하나의 기호체로서 살아 있는 역동적인 이미지, 그러한 이미지는 실버만이 지적한 대로 내장적인 것이다.[1] 이와 같이 기호체로서의 이미지는 신화의 세계처럼 많은 의미를 감추고 있다. 그러므로 텍스트 속에 조직화되는 원리, 즉 언어적 문법과 질서를 탐색해야 하는 작업이 요청되는 것이다.

또한 인간이 시간과 공간적 존재이듯이, 기호로서의 이미지도 시간과 공간을 내포하고 있다. 가령, 이미지가 내포한 시간도 과거, 현재, 미래의 시간으로 분절될 뿐만 아니라 수평적 시간과 수직적 시간으로 분절되기도

---

1) 김경용, 「현실의 축조」, 『기호학이란 무엇인가』, 민음사, 1994, 82쪽 참조.

한다.[2] 마찬가지로 공간 역시 수평적 공간과 수직적 공간을 중심으로 하위단위의 무수한 공간들로 분절할 수 있다. 이런 측면에서 텍스트에 내재한 이미지 구조에 대한 탐구는 조직화의 원리뿐만 아니라 시간성과 공간성의 의미를 파악하는 일이 된다. 따라서 이와 같은 시각에서 이성렬 시인의 미적 체험인 정서가 새로운 이미지로 융기할 때 어떤 문법과 원리에 의해서 의미로 산출되는지를 살펴보고자 한다.

이성렬 시인은 주로 여행 공간이나 역, 정류장 등을 시적 무대로 하여 겨울이라는 심상 이미지를 끌어들여서 그의 정서를 개성적인 이미지로 형상화하고 있다. 겨울이 드리운 여행지나 낯선 도시에 걸맞게 이미지를 표출하는데도 비애나 애상을 띠는 시어의 사용이 빈번하다. 그러면서도 감정의 유로에 함몰되지 않고 절제된 미학으로 눈부신 서정시의 견고한 형태를 보여주고 있다.

그 건너 어디쯤에 내 눈을 적셨던 노을들이 가난한 화가의 시력으로 돌아올 채비를 하는 어두운 화실, 흩어져간 숨결이 풍로 속을 내달리며 무쇠난로를 덥히는 밤의 대합실
— 「검은 강」 부분

어두운 온천 마을의 가파른 골목길을 오르던
그날의 발길은 어느 사라진 행각을 짚어갔던가

---

2) 이승훈, 「현대시와 시간」, 『시론』, 고려원, 1997, 401쪽.

모든 소리를 내려놓고 길가 더운물에
발을 담그며 불 꺼진 여관들의 중얼거리는
푸념에 귀 기울였던가 무거운 가방의 침묵을
껴안고 인적이 끊어진 길을 따라 내 눈길은
너에게로 향하던 시외버스의 이마를 떠올렸다

　침침한 항구의 간장 달이는 냄새
　여관방으로 아침 식사를 전하는 노파의 무릎
　떠들썩한 선술집 선반 위의 마른 꽃

부나비처럼 차창에 부딪던 저녁
불빛들의 간절함을 말할 수 있을까
하루를 헤매어도 오래전 찻집 〈茶惠〉에서
국화차의 열망을 달래던 모래시계의
부드러운 손을 찾을 수 없었지만

　해변에 비스듬한 소나무숲의 기다림과
　나에게로 다가와 산세또를 되풀이하는
　서쪽 카페 주방장의 고적한 오후

그 겨울의 며칠은 기억들로 따뜻하여
잔설 한 점 없는 산악지대를 가로지른
기차는 역무원도 없는 시골역에
내 무거운 짐을 내려놓았고
한적한 미술관의 고독한 점원을 닮은
수선화 그림엽서를 아무런 사연도 없는

먼 누군가에게 띄우곤 했다

강물을 건너는 검은 새와 작별하며

-「그 겨울의 浮世畵」 전문

인용하고 있는 시 「검은 강」에서 시적 화자에게 빛나는 정서를 도출하게 하는 공간은 "그 건너 어디쯤에 내 눈을 적셨던 노을들이 가난한 화가의 시력으로 돌아올 채비를 하는 '어두운 화실'"이며, "흩어져간 숨결이 풍로 속을 내달리며 무쇠난로를 덥히는 '밤의 대합실'"이다. 여기에서 '어두운 화실'은 그 건너 어디쯤에서 눈을 적셨던 노을들이 가난한 화가에 의해 작품으로 재현될 채비를 하는 예술적인 공간이다. 하지만 그 정서는 어둡기만 하다. '그 건너'에 이어 '어디쯤'이라는 익명이 지칭하는 부정성에다 더하여 가난한 화가가 그림으로 이행하기 '이전'이라는 미완의 언질만을 주는 '어두운 화실'인 연유이다. 이는 공간기호로서의 '밤의 대합실'에서도 마찬가지이다. 떠나서 안착하고자 하는 도착지는 불명인 채로 화자는 흩어져간 숨결로 풍로 속을 내달리며 무쇠난로가 덥혀지는 비애에 찬 대합실의 밤을 그리고 있다. 천상에 물결 진 노을에서 유추되는 저물녘이라는 수직적 시간과 화실이라는 수평적 공간이 직조하는 회화이미지가 대비되면서 온 대기에 드리운 밤이라는 수직적 시간과 더불어 대합실이라는 수평적 공간이미지의 대조가 독자를 한층 더 시각적으로 이미지화하여 집중시키고 있다.

이들은 결국 화자의 심상을 드러내는 어떤 특별한 체험의 시간 공간적 장치로 겨울을 통해 드러내고자 하는 현상이미지가 무엇인지를 확고하게 한다. 바로 불안이라는 수직 이미지와 적막이라는 수평 이미지가 그려내는, 시인의 쓸쓸한 내면 풍경인 것이다.

「그 겨울의 *浮世畵*」에서 겨울이 생성하는 핍진한 이미지는 더욱 강화된다. '浮世畵'는 17세기에서 20세기 초, 일본 에도시대에 성립된 당대 사람들의 일상생활이나 풍경, 풍물 등을 그려낸 풍속화를 말한다. 대담한 구도와 그림자가 없는 것이 표현상의 특징인 '浮世畵'는 말 자체를 풀이하면 '떠다니는 세상의 그림'으로 현세의 이모저모를 그려낸 그림이라는 뜻인데, 에도, 오사카, 교토 등지 마을의 이곳저곳에 퍼져있던 현대풍의 새로운 풍속 문화를 반영한 단어로 쓰였다. 동일한 발음의 다른 말인 '근심 어린 세상'이라는 '우키요憂き世'에서 유래되었다.

시인은 시 「그 겨울의 *浮世畵*」의 초입에서 "어두운 온천 마을의 가파른 골목길"을 오르던 "그날의 발길"을 떠올리고 있다. 이는 "어느 사라진 행각을 짚어갔던" 기억으로 "모든 소리를 내려놓고 길가 더운물에/ 발을 담그며 불 꺼진 여관들의 중얼거리는/ 푸념에 귀 기울였던" 내밀한 공간 이미지로 부각된다. 바로 이어서 전개되는 "무거운 가방의 침묵을/ 껴안고 인적이 끊어진 길을 따라 내 눈길은/ 너에게로 향하던 시외버스의 이마를 떠올렸"기 때문인데, 여기에서 직조되는 감각의 부피는 한없이 부풀어간다. 온천 마을을 오르는 '어두운 골목길의 음영'과 침침한 항구의 '간장 달이는 냄새'가 색감과 후감으로 여행자에게 향수를 부피감 있게 자극하는 사유事由인데, 누구나 겨울에 방치된 나그네로서의 밤이 공유되는 까닭이다. "떠들썩한 선술집 선반 위의 마른꽃"으로 상징되는 '浮世畵'는 건조하며, "해변에 비스듬한 소나무숲의 기다림"은 서글프다. 시의 마지막 연에서 "잔설 한 점 없는 산악지대를 가로지른/ 기차는 역무원도 없는 시골역에/ 내 무거운 짐을 내려놓았"고, "한적한 미술관의 고독한 점원을 닮은/ 수선화 그림엽서를 아무런 사연도 없는/ 먼 누군가에게 띄우곤 했"다는 독백은 또 얼마나 아득한가. 역무원도 없는 시골역에 내려진 나의 무거운 짐은 아직도 덜지 못하는 기억들의 무게를 지칭하고 있으며, 아무런 사연도 없이 수선화 그림엽서를 먼 누군가에게 띄우는 행위는 상대에 대한 그리움을 넘어서는 지독한 자기 연민을 드러내고 있다.

　겨울이라는 어둡고 추운 배경을 설정하여, 낯선 여행지를 통해서 스스로 이방인이 되기를 자처하면서 시인은 자신의 '자화상'을 '浮世畵'로 완성하고 있는 것이다. 그 자화상은 '침침한 항구'에서부터 '불 꺼진 여관'과 '인적이 끊어진 길'로 이어져 '역무원도 없는 시골역'과 '한적한 미술관'으로 공간 이동을 하다가 결국은 시의 마지막 행에서 '강물을 건너는 검은 새'로 변용되지만 그 검

은 새와 작별하면서 자신의 모습마저 떠나보내는 애상
을 강조하고 있다. 비장하면서도 비감 어린 이미지를 표
출하는 검은 새의 출연과 더불어 검은 새와의 작별을 위
해 기나 긴, 혹은 머나먼 공간들의 열거가 요구되었던
것이다.

아주 멀리 떠나온 듯했으나
전철에서 내린 곳은 수유역
내 눈은 조금씩 젖고 있었다
왜 사는 것이 그토록 망가졌던 것이냐
거리를 내다보는 도너츠집에서
낙엽 빛 커피를 마시며
투명한 거품이 눈물처럼 떠오름은
내가 얼마나 섬었넌 것인가

그동안 사랑은 어디에 있었던 것이냐
내 주머니 속 천 원짜리 지폐와
유리창 안 화분에서 해를 바라는
키 작은 풀들과 나비 문양에 있었구나
묵묵히 기다리는 의자들과
저녁에 밝아지고자 하는 불빛에도 있었구나

조용히 앉아있는 빵들을 보고 울며
세 평짜리 컴퓨터 수리점을 지키는
중학생 소녀를 보고 눈물지으며

땡볕에서 아파트 분양 광고지 돌리는
아주머니를 보고도 젖으며
그러다가 나는 씻을 수 없는
내 어둠의 붉은 뻘밭에 주저앉는다
					─「십삼 년 만에 수유역에 내리며」 전문

　시 「십삼 년 만에 수유역에 내리며」에도 '역'이라는 공
간기호가 설정되어 있다. '역'이란 무수한 떠남이 예정되
어 있는 이별의 공간이지만, 그리고 언젠가는 다시금 복
귀해야 하는 현실의 공간이지만, 이성렬 시인에게 있어
서 역은 자신의 내면을 들여다보는 성찰의 장소이다. 그
에게 수유역이 어떤 기억들을 보유한 장소인지는 구체
적으로 묘사되고 있지 않으나 분명한 것은 그 수유역에
하차했을 때, 시적 화자의 눈이 조금씩 젖고 있었다는
것에서, 그리고 왜 사는 것이 그토록 망가졌던 것이냐며
회한에 찬 모습으로 "내가 얼마나 검었던 것인가"라고
자탄하는 데에서 수유역과의 관계성이 드러난다.
　비탄의 정서는 "그동안 사랑은 어디에 있었던 것이냐"
로 연결되면서 생의 목표점이 자본적 속악성임을 비유
하는 "주머니 속 천 원짜리 지폐"에 있었다는 것과 이런
인식적 거세가 자신 본연의 모습으로부터 유리된 폐쇄
성으로서의 '유리창 안 화분에서 해를 바라는 키 작은 풀
들과 나비 문양' 등으로 살펴진다. 여기에 더하여 '묵묵
히 기다리는 의자들'과 '저녁에 밝아지고자 하는 불빛'은

110

소극적으로 살아온 자신의 삶을 투영하는 기제가 되고 있다. 의자는 처분만을 바라는 수동성을 지칭하는 사물이라는 점에서, 저녁이라는 특정 시간에 밝아지려는 소심한 불빛을 시적 화자와 동격 이미지로 끌어들였다는 점에서, 스스로를 향한 각성은 이 지점에서 절정으로 치닫는다.

그렇기에 시의 마지막 연에서 시인은 비극적인 카타스트로프를 연출하고 있다. 바로 '울음과 젖음'이라는 다소 원색적인 청각이미지이자 원발적인 촉각이미지를 사용하는 것이다. 자신이 살아온 모습에 회의가 이는 화자는 "조용히 앉아있는 빵들을 보고 울며/ 세 평짜리 컴퓨터 수리점을 지키는/ 중학생 소녀를 보고 눈물지으며/ 땡볕에서 아파트 분양 광고지 돌리는/ 아주머니를 보고도 젖"는다. 자신만의 영욕 추구와 안온한 생을 위한 소심한 현실 대응과 한껏 외면하고 살아온 기층민들의 참담한 삶을 목도하고는 "어둠의 붉은 뻘밭에 주저앉는" 것이다. 여기에서 '어둠의 붉은 뻘밭'은 스스로도 어쩌지 못해 상정한 죄를 치러야 하는 가혹한 형벌의 장소이고, '주저앉는' 심상은 얄팍한 지식인의 행태로만 살아온 시인의 고뇌에 찬 모습을 형상화하고 있다. 이런 애상스런 태도는 연작시 '그림자 도시'라는 시적 배경으로 더욱 양각된다.

「그곳에 깃들 수만 있다면 —그림자 도시에서 2」에서 시적 대상들은 '나'와 '나를 제외한 그들'로 분리하여 일정한 거리를 유지하고 있다. 대상을 판단하는 일에는 여러 가지 요인이 작동하지만 이성렬 시인은 '나를 제외한 그들'이 피곤과 권태로 힘겨워하는 요소를 자신과는 다른 관점에서 관찰하고 안쓰러워한다. 왜냐하면 '나를 제외한 그들'에게는 낙후된 마을이 그들의 생활 터전이고, 방문객인 '나'는 그저 그들을 동정 어린 시선으로 바라보는 이방인일 따름이기 때문이다. 시에 등장하는 인물들은 몹시 추운 겨울날 해미읍내 저녁의 중고피아노점 앞을 서성이던 모녀, 인적 끊어진 역전 골방에서 지푸라기처럼 눕는 여자들, 오지 않는 방문객에게 행선지를 걸어 놓고 출타하는 대서소 노인 등이다. 이들이 존재하는 공간은 '중고피아노점 앞'이나 '인적 끊어진 역전 골방'과 '오지 않는 방문객에게 행선지를 걸어 놓는 대서소'로 모두 쓸쓸한 겨울 이미지와 부합한다. 시대로부터 퇴락하고 현실로부터 퇴각한 인물들은 폐기된 극장 간판에서 "늙어가는 배우의 웃음처럼 이리도 아픈 것"으로 그려지고 있다.

시인은 이런 아련한 기억들을 통해 자신은 "우묵한 자리에서 몸을 일으킬 뿐"이고 "갈색 병 속 차례를 기다리는 알약의 자세로/ 말없이 문밖으로 나서는 나날을 배웅할 뿐"이지만 '나'와 '나를 제외한 그들'을 유지하던 거리를 좁혀 종국에는 추운 겨울날 해미읍내 저녁의 중고피아노점 앞을 서성이던 모녀에게는 담장에 심은 민들레 씨앗이 지금쯤 가벼운 날개를 달았기를 소망하고, 인적 끊어진 역전 골방에 지푸라기처럼 눕는 여자들에게는 멀리 침침한 노래 한 자락을 전해 줄 수 있었다고 고백하기에 이른다. 그에게서 시를 쓰는 행위가 그들을 기억하게 하고, 그들에게 자신의 시가 위안의 노래로 가 닿게 하기 위함이라는 중요한 단서들을 발견하게 하는 부분이다.

이는 「북쪽의 얼굴 -그림자 도시에서 4」에서도 마찬가지이다. 남루한 뒷골목 극장에서 보르헤르트의 검은 연극을 관람한 후 시인은 자신의 삶을 보르헤르트의 생에 대입한다. 물질의 차가운 손금을 살펴야 했을 시각에 검은 연극을 보러 간 자신처럼 세속적인 일상을 넘어서 곤고한 이상을 향해 기투하고자 한, 나약했으나 신념에 찬 예술가로 짧은 생을 살다 간 보르헤르트와 동일시하는 것이다. 이는 "겸연쩍은 표정으로 운명이 외면"한다 하더라도 "기억들로 가득한 수첩을 펼치어"서 "마음속 변두리 연보를 기록할 뿐"이라고 토로하게 한다. 말하자면 시인으로 살아야 하는 자신의 소명과 만나는 시점이기도 하고, 시인이 이번 시집에서 다루고자 한 시적 주제를 아우르는 지점이기도 하다. 그는 '기억'이라는 특정한 체험의 수직적 시간[3]에다가 마주한 풍경들과 마주친 사

---

3) 바슐라르는 『순간의 미학』에서 '수직적 시간'은 밋밋하게 선으로 이어지며 미끄러지듯 흘러가는 일상생활의 시간과는 달리, 높이와 깊이가 있는 수직성을 지닌 시간을 가리키며, 삶을 부동화하고 기쁨과 고통의 변증법을 그 자리에서 사는 것에 의해 삶 이상의 것이 되게 하는 창조적 생성이 용솟음치는 시간, 즉 포에지의 시간이라고 설명한다.

람들을 수평적인 공간에 모아 놓고 입체적인 시적 노래
로 축조하고 있는 것이다.

시집의 전반부가 지금까지 살펴본 바와 같이, 본원적
인 존재의 슬픔을 불러일으키는 애잔한 시간과 공간들
의 세목이라면, 후반부는 그가 뒤돌아보고 불러 세우는
인물들이 전 생애를 관통하며 어떠한 삶을 지탱했는지
를 낱낱이 소개하고 있다.

3. 시인의 서사 속 배역들

자연의 예속에서 벗어나면서 인간 속에서 신의 형상을
발견하고자 했을 때 서사시가 발생하였으며, 서사시에
서 인간의 자기의식의 이상적 발현태는 운명Schicksal과의
힘겨운 투쟁이라는 구성을 취한다. 서사시에서 운명은
한 개인이 순조로이 감당하기에는 벅찬 어떤 것이다. 그
러나 서사시의 영웅들은 자신들의 실패를 예감하면서도
그 운명과 대면하기를 주저하지 않는다. 서사시에서 인
간의 존엄과는 무관하게 흘러가는 존재외적인 필연의
법칙들과 인간으로서의 한계, 그럼에도 운명과 직면하
여 자신의 유한성을 극복하려는 자기 의지의 실험장으
로서 서사시에서 운명의 플롯은 인간의 독자성과 주체
성, 그리고 자유와 사랑에 대한 갈망을 반영한다.

이성렬 시인은 십여 편의 시에서 서사 형식을 취하는

인물시를 선보이고 있다. 이들 인물시의 주인공들은 시인의 유년 시절과 학창 시절에 깊은 영향을 주었거나 뜨거운 추억의 상처를 남겼던 이완규 선생님, 무명가수 하구만 씨, 고물수집가 정공춘 씨, 프로 논객 김우익 씨, 고문관 출신 집사 김영출 씨 등이다. 이들을 중심으로 쓴 작품들에는 서사시에서 갖추어야 하는 참혹한 운명이라든가 거친 도전과 심각한 실의 등의 극적 구성이 가열하지는 않지만 시인은 인물시에서 비로소 그간 활용해 왔던 수직적 시간이 아닌 장구한 세월에 걸친 수평적 시간대 위에서 인물의 세계관과 심리가 어떻게 변하는지를 흥미롭게 보여준다. 그리고 그들에게 응전하는 세상과 대응하는 화자의 관점을 서사 형식으로 풀어내고 있다.

　70년이었나요, 봉천동 달동네에 살던 겨울 저녁에 불쑥 저희 전셋집을 찾아오셨지요, 주소만 가지고는 무척 어렵다고 하시며. 중학교 졸업을 앞두고 상급학교에 진학해야 할 제가 도통 연락이 되지 않아서 그리 오셨습니다. 전문학교는 일반 고등학교와 달리 원서 접수가 훨씬 빠르다고, 직접 원서를 사 오셨지요.

　사는 꼴이 부끄러워 방으로 모시지도 못했습니다, 대문간에서 인사를 드렸지요. 그때 선생님 연세가 지금 저와 비슷했던 것으로 기억합니다. 과묵하시면서도 따뜻이 북

돌아 주셨습니다. 이제 운명을 알기도 할 나이에 아직도 서성거리는 저를 보면, 어찌 그리도 반듯하셨는지요.

선생님의 영어 강의는 일품이었습니다. 접속사를 코뚜레에 비유하시던 모습이 생생합니다. 청계천 책방을 돌아다니며 『주홍글씨』, 『빼앗긴 이름』과 같은 영어 소설을 탐독하였지요.

오 년제 전문학교를 졸업하지 않고 학원에 다닌 후 대학에 들어갔습니다. 2학년 때였지요, 비원 앞 예식장에서 우연히 뵈었을 때, 장발에 파마까지 한 저를 보고 여자냐고 꾸중하셨지요. 그렇게 오랜만에 뵈었어도 쭈뼛거렸고, 커피 한 잔 대접하지 못했습니다.

삶은 몹시 힘들었습니다. 평범하게 살 팔자가 아니었나 봅니다. 끊임없이 배회하다가 삼십이 다 된 가장으로 유학을 갔고, 대학에서 가르치게 되었지만, 선생님이 베푸신 사랑 근처에도 가지 못했습니다.

해가 갈수록 사는 것이 끔찍했었습니다, 그러던 끝에, 하늘이 붉게 이글거리던 어느 저녁, 죄인임을 인정하고 난 후, 늘 거기에 묵묵히 있었던 세상을 다시 바라보니, 놀랍게도 한 모금의 냉수와 같은 정갈한 평화가 놓여 있었습니다.

그 후 선생님의 삶에 대하여 저는 모릅니다. 제게 다가

올 시간에 대해서도 알 수 없습니다. 제 회개의 눈물이 거
짓은 아니었다는 것, 그리고 두려움을 조금은 견뎌낼 수
있는 아주 작은 사랑을 지니게 되었다는 것, 그것뿐입니
다, 선생님.

—「이완규 선생님」 전문

시「이완규 선생님」은 70년대의 봉천동 달동네로 우리
를 안내한다. 그것도 겨울 저녁에 중학교 졸업을 앞두고
상급학교에 진학해야 할 제자가 도통 연락이 되지 않자
주소만으로는 집 찾기가 어렵다며 전문학교 원서를 직
접 사가지고 오신 이완규 선생님! 그런 다정다감한 선생
님을 맞으면서도 화자는 전셋집에 사는 꼴이 부끄러워
방으로 모시지도 못하고 대문간에서 인사를 드렸다고
술회한다. 접속사를 코뚜레에 비유하시던 선생님의 영
어 수업은 일품이었는데, 그런 선생님에게 영향을 받아
청계천 책방을 돌아다니며『주홍글씨』,『빼앗긴 이름』과
같은 영어 소설을 탐독하였던 화자가 비원 앞 예식장에
서 우연히 선생님을 뵈었던 대학교 2학년 때, 장발에 파
마까지 한 모습을 보고 여자냐고 꾸중하신 선생님께서
는 여전히 스승으로서의 관심을 지극하게 표명하고 있
으셨으나 오랜만에 뵈었어도 쭈뼛거렸던 자신은 커피
한 잔 대접하지 못했다고 고백하기에 이른다.
삶은 몹시 힘들었고 "평범하게 살 팔자가 아니었는지
끊임없이 배회"하다 삼십이 된 가장으로 유학을 갔다

온 후 대학교수가 되었지만, 선생님이 베푸신 사랑 근처에도 가지 못했다는 부분에서 시인은 자신과 선생님의 면모를 비교해 낸다. 그때 선생님의 나이가 지금의 자신과 비슷하지만 과묵하면서도 따뜻이 북돋아 주셨던 선생님에 비해 아직도 "서성거리"고 있음을 자탄하고 있는 것이다. 하지만 해가 갈수록 사는 것이 끔찍했던 어느 저녁, 죄인임을 인정한 후 평화를 얻고 두려움을 견뎌낼 수 있는 사랑을 지니게 되었음을 깨달았다는 내용이다.

자신의 지난했던 생을 치기 어린 학창 시절로부터 시작하여 지금에 이르기까지 어떤 운명의 굴레에서 허덕이며 참 평화와 사랑의 의미를 얻었는지를 중학교 선생님께 보내는 편지 형식으로 쓴 서정적 서사시이다. 이시가 시인의 체험적 자전을 기반으로 씌어졌을 것이라는 예상은 시인의 삶과 무관하지 않음에서 드러난다. "인왕산, 청계천에서의 철거민들이 통반 번호도 없이 A지구 B지구 등으로 구획을 지은 신림동 산동네에서 사글세를 살았"으며 "가장 괴로운 건 아침이었는데, 공동 화장실 앞에 줄을 서서 오래 기다려야"(「흑백사진들」) 했다거나 "컴컴한 염천교를 건너 하교하며/ 쌀 한 말 사는 게 소원이던 소년" "깡마른 왕십리 아이"(「사랑해, 말순씨」)에서도 나타나듯이 시인은 궁핍한 가계에서 성장하였고 공업학교에 다니다가 자퇴하고서 검정고시를 치러

대학에 입학[4]하였던 연유이다. 그러므로 실명 제목으로
설정된 '이완규 선생님'은 그의 핍색했던 지난날들을 극
복하는 데에 있어 위대한 조력자이며 자신의 서사적인
생애를 시로 표현하게 한 자기 성찰적인 인물이다.

  그렇기에 이성렬의 서사시는 자신의 운명에 맞서 항거
하는 영웅 이야기가 아닌 자신의 생을 관조자로서 응시
하고 기록해간 타자성의 서사시라고 부를 만하다. 여기
에는 가난과 수치에서 출발하여 사랑의 의미를 찾기까
지 타자와의 육친적인 관계에 대한 지향이 내재되어 있
기 때문이다. 타자와의 대립과 분열을 거쳐서 자기로 복
귀한다는 점에서 여타 서사시의 주인공과 유사한 면모
를 지니면서도 동시에 그 타자가 부정될 존재로서가 아
닌 내 속의 또 다른 '너'로서 자아와 인격적 관계를 맺고
있는 타자가 된다. 그의 시작품이 인간의 운명을 사랑의
형식 속에서 주로 탐구하는 것도 이 때문이다.

  나룻배 타고 뚝섬 건너 십 리 길
  봉은사 지나 큰 고개 너머 한티에서
  고모는 살림꾼, 고모부는 장사
  소에 받히는 딸을 구하려 맨손으로 결투했다고

  언주국민학교 출신, 짙은 경기도 사투리

---

4) 이숭원, 「우울한 일상이 피워낸 서정의 꿈」, 『여행지에서 얻은 몇 개의
  단서』, 모아드림, 2003, 123쪽.

강남 개발에 뿌리 뽑힌 채 강 건너와
불량하게 사춘기를 보낸 후 군대에서
고문관으로 전역한 택시기사 영출 씨

이십 년 지난 후, 할머니 장례 치르는 날
나를 도련님이라 부르는 후덕한 형수님과 함께 찾아와
너무 오래 소원하여 쑥스러운 나에게
주 아래 사랑하는 게 참 좋다는 김영출 집사
—「김영출 씨」 부분

촌티가 풀풀 나는
실실 웃는 정공춘 씨는
돈과 시간만 생기면 색시집을 순례하듯
잘생긴 물건들을 찾아내어
기숙사 방에 잠재우며 하룻밤 사이
만리장성을 쌓곤 했는데
놀라운 재주의 비결은 절대로
눈싸움하지 않는다는 것
밤마다 은근한 자리를 벌이는데
낡은 치마폭 그림자들의
넋두리를 묵묵히 들어주다가
한 방울 눈물을 보인다는 것
오랜 편력 끝에 정공춘 씨는
평생의 반려를 얻었는데, 그건
프린터 잉크를 리필하는 일
이제 고생도 다 끝났는데

마른 자궁에 목숨을 불어넣는 맛에
돈 많은 무명시인처럼 산다고
                              ―「고물수집가 정공춘 씨」 전문

　인물로 쓴 서사시 연작에 걸출한 '김영출 씨'가 등장한
다. 시 「김영출 씨」에 의하면 김영출, 그는 소에 받히는
딸을 구하려 맨손으로 결투했던 영웅적 장사인 고모부
의 아들이다. 강남 개발로 집안의 근간이 뿌리 뽑힌 채
이주하여 언주국민학교를 졸업하고 짙은 경기도 사투리
를 쓴다는 인물 묘사에 의지해 보면, 김영출은 자신의
운명에서 내몰린 채 변방의 인생을 살게 되리라는 복선
으로 유추된다. 그는 불량하게 사춘기를 보낸 후 군대에
서 고문관으로 전역한 후 택시기사가 되었다. 간략한 가
혹사의 이십 년이 지난 후, 할머니 장례식에서 후덕한
형수님과 함께 찾아와 "주 아래 사랑하는 게 참 좋다"고
전언하는 그는 이제 집사가 되어 있다. 시인의 각주에
의하면, 군대에서 상습적으로 말썽부리는 사람을 일컫
는 속어로서의 '고문관'이었던 한 사람이 '집사'가 되기까
지의 눈물겨운 인간 승리담이 한 편의 시 속에서 펼쳐진
셈이다. 전경과 압축으로 보여준 김영출의 생애가 눈부
시다.
　「고물수집가 정공춘 씨」의 정공춘은 "촌티가 풀풀 나
는" 그리고 "실실 웃는" 인물이다. 그는 "돈과 시간만 생
기면 색시집을 순례하듯"이 "잘생긴 물건들을 찾아내어"

서 "기숙사 방에 잠재우며 하룻밤 사이"에 "만리장성을 쌓곤 했"던 고물수집가였다. 그런 그가 고물수집가로서 성공해 간 비결은 절대로 눈싸움을 하지 않는다는 것과 밤마다 낡은 치마폭 그림자들의 넋두리를 묵묵히 들어 주다가 한 방울 눈물을 보인다는 것이다. 그의 직업적인 소명 의식을 이처럼 진지하게 묘파해 가던 시인은 "오랜 편력 끝에" 그가 "평생의 반려를 얻었"고, 그것은 "프린 터 잉크를 리필하는 일"이라고 긴 인생 역정의 말미를 들려준다. 바로 "마른 자궁에 목숨을 불어넣는 맛에/ 돈 많은 무명시인처럼 산다"는 소회이다. 많은 이들로부터 폐기당한 사물들의 아름다움과 가치를 판별해내고 판독 해낸 고물수집가의 인생은 마른 자궁인 프린터 잉크에 새 생명을 채우는 리필 사업가, 그런 그는 "돈 많은 무명 시인"처럼 새로운 인생의 맛과 멋을 한껏 구가하고 있 다. 바로 사물에 새 생명을 불어넣는 무명시인의 예술적 인 작업에다가 무명시인이 지닌 결여나 결핍으로서의 "돈 많은" 이 가 되었으니 이보다 더 충일한 행복이 어디 있으랴.

이처럼 인물의 생애를 드러내는 서사적인 시작품들에 서 비천한 자들을 돌아보는 인류애적인 사랑은 자아와 타자가 만나 이루는 육친적이며 인격적 관계의 극점을 이룬다. 곤혹스런 운명의 굴레를 딛고 일어선 인물들의 비장미를 기록하는 시인의 사랑은 타자 속에서 자기를 사유하는 경험을 황홀한 미적 체험으로 전환시킨다. 사랑 속에서 인간은 비로소 자기를 비워내고 타자 속에 몰입한다. 하지만 이러한 몰입은 다시 자기로의 회귀를 내포한다. 사랑 속에서 자기로의 회귀가 어찌 타자에 대한 부정의 운동 속에서 이루어질 수 있을 것인가. 사랑은 자아와 타자의 육친적이며 인격적인 결합과 자기로의 회귀를 통한 자기의식의 고양이 동반될 때 비로소 진정한 미학으로 거듭나게 된다. 이 지점이 이성렬 시인이 진지하게 묻고 기록하고 있는 운명에의 비애와 극복의 환희가 공존하는 부분이다.

4. 밀회소에서 듣는 겨울 랩소디

괴테의 시 「겨울의 하르츠여행Harzreise im Winter」—1774년에 쓴 자신의 체험록이기도 한 『젊은 베르테르의 슬픔』을 읽고 실의에 잠겨있던 친구 프레싱을 위로하기 위해 1777년 겨울에 험준한 하르츠산행을 동행하면서 그를 격려하고 나서 감회를 적은 시에 곡을 붙여 브람스는 반주가 딸린 합창곡으로 〈괴테의 겨울의 하르츠여행 단편에 의한 알토 랩소디〉를 1869년에 작곡하였다. 당시 브람스는 클라라 슈만의 셋째 딸 율리에에게 애정을 품고 있었는데, 그녀가 백작과 약혼해버리자 슬픔에 잠긴 채 자신의 심중을 표현하고 있는 괴테의 시를 기반으로 하여 랩소디를 만들었다고 한다. 그 곡에서는 고통을 끌고 겨울 빙산을 오르며 실의에 잠긴 친구를 격려하려는 괴테의 안간힘과 브람스 자신에서 건네는 위로가 재현된다.

　이성렬 시인의 『밀회』를 다 읽고 나서 나는 새해 서설이 장렬하게 퍼붓던 아침, 브람스의 알토 랩소디를 들었다. 숨 막히게 전개되는 음률에서 빙설의 산정이 마음에 가파르게 다가오고, 『밀회』의 시들이 앞다투어 내 몸에 펼쳐지며 촘촘한 슬픔으로 젖게 하였다. 이성렬 시인은 왜 겨울을 시작詩作의 기간으로 택하였을까. 시인은 왜 어둡고 빈한한 공간에다 끊임없이 자신의 존재 근거를 가져갔을까. 시인은 왜 과거의 아픈 수직적인 시간이 예리하게 교차하는 비정함에다 애상적인 노래를 띄웠을까. 그것은 자신의 삶이 검은색으로 퇴색해 간다는 불안, 눈물겹던 정의와 화평의 세상을 외면했다는 반성, 순수와 열정으로 도약하던 젊음으로부터 너무 멀리 떨어져 나왔다는 염려 등에서 기인하고 있다. 그리고 이런 요인들이 가장 적나라하게 드러나는 계절인 겨울을 창작 시점으로 선택하여 자신이 제시하는 자기 구원으로서의 시업詩業, 즉 자신처럼 열악한 운명에 처한 타자를 향한 사랑을 시로서 노래하고자 하였던 것이다. 추위의 겨울에 이르러야 사랑이 내장한 따스함은 가장 잘 대비되어 온기를 지니게 되기 때문이리라. 시인은 생명력으로 충만한 봄마저 "젖은 눈으로 서성이는 단풍나무를 무간無間"이라 칭하며 "목숨들의 불화와 투쟁을 껴안은 채

육중한 슬픔으로 서 있는 봄날의 음각”을 “꽃도 잎도 모두 벗겨 내리는 시간의 처연함”(「봄날, 단풍나무와 함께」)으로 예견하고 있음에야! 그에게는 생명의 봄조차 소멸의 겨울과 중첩되고 있다.

결국 그는 이번 세 번째 시집 『밀회』에서 검어진 자신의 현재 모습에 시로서 각성의 초석을 다지고, 겸허히 시의 메시아를 기다리고, 힘겹게 얻은 성찰과 사유를 겨우내 시로 쓰면서, “몸의 그늘들이 희어질 때”(「소묘 1」)를 향한 희원을 시집에 묶어 기록하려 한 것이다. 바로 이 시집으로서 끝끝내 회복해야 할 인간적인 본연성과 사랑이 자신과 우리 모두의 밀회 상대임을 드러내려 한 것이다.

시인의 임무는 사제와 철학자들에 의해 빗나간 태초의 말을 재건하는 것이라면 이성렬 시인은 그 임무 수행 과정에 있어 어떤 시인보다 성실하다. 그는 함구하는 사물들의 숨겨진 이면을 눈 밝게 채집하는 발견자이며, 시간을 공간 이미지로 굳건히 결합시키는 건축가이고, 섬세한 시적 통찰과 인식을 다순 서정의 리듬으로 연주하는 주술사이자 새로운 잠재태의 서사를 구술하는 발명가이며, 반복되는 고독을 견디면서 본질에 충실한 삶을 살려고 매번 시도하는 역동적인 초인인 연유이다.

시인은 세상 끝에 놓인 의자에 앉아(「도서관에서」), 빈 숲에서 검은 자세로 부르짖으며 얼어붙은 겨울을 호명하거나(「기쁜 우리 젊은 날」) 나르시즘을 흔드는 바람의 빠른 걸음을 응시하면서(「밀회」), 자신의 무채색인 기억들을 꺼내 우리에게 뜨거운 유물 지도로 펼쳐 보이고 있다. 거기에는 침묵으로 봉인되었던 인물들과 가파른 추억들이 즐비하다. 누구나 한 번쯤은 서성였을 오래된 역이거나 정류장이거나 작별한 골목들이 아프게 드러난다. 어두침침한 겨울을 열고서 아득한 사연의 서랍을 뒤지듯 그는 이번 시집 『밀회』에서 음울하고도 슬픈 비망록을 우리 모두의 황홀한 '밀회'로 환치해 놓는다.

그리고는 "벽장에 묻어버린 두려운 확신들"(「겨울의 문」)을 일으켜 세워 "이십 년 동안 직장 언저리를 맴돌며 기숙하던 쓰디쓴 악보를 세상 밖으로 불러"(「그곳에 잘못 내렸으나」)내어, 그의 "풍경의 일부였던 노래"(「저녁 일곱 시의 애도」)와 "목 쉰 노래"(「사순절 저녁 창가에 도착한 박새에게」)와 "서늘한 노래"(「불 꺼진 책방을 지나며」)들로 들려준다. "모든 노래가 한 권의 책으로 엮"(「검은 강」)인 이 시집, 바로 그가 마련한 밀회소에 본원적인 생의 아픔과 슬픔을 겪는 이들이 찾아와 "강물의 굵은 손가락"(「저녁 일곱 시의 애도」)으로 연주되는 그의 겨울 랩소디를 들으며, 찬찬히 그리고 깊이, 위로받게 되기를 소망해본다.